心若淡定便是优雅

那些女子教会我们的事

张其姝 著

中国出版集团
现代出版社

图书在版编目（CIP）数据

心若淡定，便是优雅 / 张其姝著. -- 北京 : 现代出版社, 2016.4

ISBN 978-7-5143-4736-4

Ⅰ. ①心… Ⅱ. ①张… Ⅲ. ①随笔—作品集—中国—当代 Ⅳ. ①I267.1

中国版本图书馆CIP数据核字(2016)第044401号

著　　者	张其姝
责任编辑	杨学庆
出版发行	现代出版社
通讯地址	北京市安定门外安华里504号
邮政编码	100011
电　　话	010-64267325 64245264（传真）
网　　址	www.1980xd.com
电子邮箱	xiandai@cnpitc.com.cn
印　　刷	三河市金泰源印务有限公司
开　　本	880mm × 1230mm 1/32
印　　张	8.5
版次印次	2016年5月第1版　2018年1月第11次印刷
标准书号	ISBN 978-7-5143-4736-4
定　　价	32.80元

目　录

心若淡定，便是优雅

目录

序·不如不遇倾城色

每个女子都是花，美而骄傲，笑起来，眉眼芬芳。

她的心事，藏着，像是幽谧的香气。

遇到一个有故事的女子，就像目睹一场花事。它热热烈烈地盛放，无所顾忌，由生到死。

有些女子是山茶，花叶繁盛，从春天开到夏天，漫山遍野的红色，又天真又俗气。

有些女子是桃花，红红粉粉白白，眉眼妖娆，笑起来，连春风都惊动了。

有些女子是木樨，美得不动声色，情到浓处，暗香透窗，懂的人才能懂。

庭前芍药妖且娆，池上芙蕖净更清。

各花都有各花的美，女子都有女子的好。

见美心喜，无人免俗。

从古至今的美女很多，美而慧的女子也不少。

美而慧，又有故事的女子，那便是一出传奇了。

比如褒姒，烽火一笑戏诸侯；比如杨玉环，七月七日长生殿；比如小怜玉体横陈夜；比如飞燕腰细掌中轻。

可能有人要说，这都是红颜祸水啊！

不，美丽向来都是无罪的，蠢蠢欲动的是人心。

所以我一直很喜欢看那些猎奇故事，从历代宫闱野史到近代名媛传记，那些如花似玉的美人总是用她们的一生说尽传奇。

这些美人都已败给岁月，这些传奇却仍然在流传。

她是名门望族的大小姐，琴棋书画样样精通。

她爱过一个穷困潦倒的男人。

她在风尘中沦落，弹得一手好琵琶。

她爱着一个才情洋溢的诗人，却嫁给了一个儒雅的建筑家。

她喜欢上海的十里洋场，最后一生素缟。

她们活在那个远去的民国，爱恨已经做了尘埃。

林徽因、陆小曼、萧红、张爱玲、冰心……

这一个个留在纸上的名字，都曾经是一个个活色生香的传奇故事。

她们来过，她们爱过。

人间纵有四月天，世上再无旧美人。

我们只能从字里行间读懂她们。

深夜，23：57，南国燥热的夜。

从窗子里望出去是阴沉的天色。

城市是没有夜晚的。黑暗来临的时候，一盏盏不肯睡的灯火，把所有人的执念和孤独再次点亮并燃烧。

序·不如不遇倾城色

流浪的歌声，疲惫的脚步，冷漠的相遇和酒杯里的梦想，城市里只有这些。

有风把我们赭黄色染花的窗帘卷到屋子里。

我喜欢风这个意象，还有雨。

我期待能有一场干净的雨，让墙角长出苔藓，让空气里有微微的草腥味，让路面冲刷出泥土的气息，让树木散发出独有的特别的引诱。

当我在键盘上敲下这些文字的时候，我仍然在犹豫。

我不是莫言，我只想讲一个好故事。

从前，有一个人。

从前，有一些人。

她们的飞扬与落寞，值得被人们看见；她们的美丽与哀愁，也值得被你我记住。

愿她们的人生历程，成为你我的指路明灯。

林徽因：我的心是一朵莲花

——用一辈子的飞翔，换来世人仰望

那一年我在德国留学，有一个金发碧眼的少年喜欢我，他个子高高的，笑容明朗得像爱琴海的阳光。

九月的夜晚，他站在我的楼下，固执地不肯离开。月光将他挺拔的身形拉得瘦长，和那株白杨树的影子交错在一起。

当时的我对他也有好感。但我知道，我迟早是要离开这里的，我跟他的这份情愫就如同迷雾里的幽巷，看不到头。比起谈一场没有结果的恋爱，我更愿意把那点美好的悸动封存，所以我毫不犹豫地拒绝了他。

女孩似乎永远要比男孩成熟，这种成熟是可怕的，它会让一个女孩在爱情里早早地学会理智。

我永远记得，那个男孩在我回国时送了我一本林徽因传。他赌气似的问我："我知道这个女人在你的国家十分有名，我看完了这本书，但我不明白，林明明是喜欢徐的，她为什么嫁给别人？"

也许他更多的是想谴责我心口不一，但这的确是个好问题，为什么林徽因嫁的是梁思成，我们却都觉得她恋着徐志摩？

这大概是一个女人的最高境界——可以有很多情，但只忠于一份爱；可以有很多追随和仰慕，但只选一份扶持和尊敬。

这便是林徽因的高明。

骄傲的女人自有魅力

林徽因出生在杭州，祖父给她取名“徽音”，出自《诗经·大雅.思齐》：“思齐大任，文王之母，思媚周姜，京室之妇。大姒嗣徽音，则百斯男。”

长大后，林徽因给自己改了名字，因为当时有一个男性作家叫林微音，时常闹出误会。

她说：“我并不担心别人把我的东西当成他的，我只害怕人们把他的东西当成我的。”

她一直这样骄傲。

父亲林长民有三任妻子，林徽因的生母并不得宠，反倒是她，自小很受父亲宠爱。母亲的抑郁焦躁和父亲的开明磊落是一个巨大的落差，她无法逃离任何一个，而庶出的身份更是她心底的隐痛。凡此种种，让林徽因的性格里多了一些男子气的争强好胜。

十六岁时，林徽因跟着父亲游历欧洲，在那里，她结识了正在英国留学的徐志摩。

当时的徐志摩已是两个孩子的父亲，但他也是风度翩翩的青年才俊，如芝兰在侧。情窦初开的少女心事再也无从揣测，我们永远无法得知，当时的林徽因有没有过心动，哪怕只是片刻的。

很多年后，林徽因和儿子谈起这段旧事时，她认真地说道：“其实徐志摩他爱的并不是真正的我，而是他用诗人的浪漫情绪想象出来的林徽因，可我其实并不是他心目中所想的那样一个人。”

多情总被无情恼，到底是谁多情，又是谁无情？

在徐志摩的眼里，娉娉婷婷的少女就是一首动人的诗。可是林徽因却早早地看透了真相，生活从来都不是诗，爱情更不是。

“生命是一袭华美的袍子，上面爬满了虱子。”你看，写出这句子的也是个女人。

徐志摩给林徽因写了一封信，隐约透露了自己的心意。不知道出于什么原因，林徽因没有直接表态，由林长民出面回了信。

“阁下用情之烈，令人感悚，徽亦惶惑不知何以为答，并无丝毫嘲笑之意，想足下误解了。”这是林长民的原话，作为父亲，他大概是不乐意两个人交往的。

就在这时候，徐志摩的原配张幼仪从国内赶来，不久，她怀孕了。

徐志摩一心想着离婚，他执意要打掉孩子。

张幼仪说：“我听说有人因为打胎死掉的。”

徐志摩毫不动容，冷漠地回应：“还有人因为坐火车死掉的呢，难道你看到人家不坐火车了吗？”

一个男人的执念真是可怕，也真是幼稚。徐志摩竟以为他离了婚就能顺理成章地追求林徽因了，殊不知，他这般绝情的做派，会让任何一个聪明的女人望而却步。物伤其类，她们怎么会安心将终身托付？

办妥离婚手续的徐志摩再次赶到英国，而林长民已经带着女儿匆匆回国了。

等徐志摩追回国内时，林徽因和梁思成的婚事“已有成言”，只是还未定聘。

这段情事闹得沸沸扬扬，天下皆知。这固然和徐志摩的张扬个性有关，但又何尝不是因为林徽因的三缄其口和态度暧昧呢？她大可泾渭分明地承认没有爱过，但她没有，旁人难免捕风捉影。

1937年，林徽因滞留长沙，连着阴雨天，她给沈从文写信，回忆当年在伦敦时的心境。

“那时候爸爸到瑞士国联开会去了，我一个人住在一个大屋子里，外面下着雨，白天独自一人在大房间里看书，晚上一个人坐在一个大饭厅里吃饭，垂着两条不着地的腿，还有两条垂肩的发辫。一面吃饭，一面用嘴咬着手指头哭。这时候，总希望生活中有浪漫的事情发生，或是有个人叩门进来坐在对面同我谈话，或是同坐在楼上的火炉边给我讲故事，最要紧的还是有个人来爱我。”

徐志摩的出现是那么适时，又是那么诗意盎然，完全就是她臆想的爱人模样。

她对他多少有点不同。即便是回国之后，即便是订了婚，林徽因也并没有刻意和徐志摩拉开距离，相反，她经常参加新月社的活动，与他交往甚密。

1924年，泰戈尔来华访问，林徽因和徐志摩作陪。她人面桃花，清艳如梅；徐志摩长袍白面，端方如竹；泰戈尔须发苍苍，瘦劲如松。当时人人称颂，戏谑为“岁寒三友图”，传为佳话，至今有旧照存世。

那年5月，为了庆祝泰戈尔先生六十诞辰，林徽因和徐志摩合作出演了诗剧《齐德拉》，她饰演公主齐德拉，徐志摩饰演爱神。

这大概是他们最快乐无忧的时光。

到了6月，林徽因接受家里的安排和梁思成一起去美国留学。不久，梁思成的母亲过世；年底，林长民死于流弹。

变故催林徽因做出了抉择。

她不可能一辈子做那个想象中的女神，她会人老珠黄，她会生老病死，这些都是作为诗人的徐志摩想不到的。

女人独有的早熟和智慧让林徽因在面对爱情时更加谨慎，况且，她的良知让她无法面对张幼仪，毕竟她的母亲一生郁郁寡欢，就是因为父亲爱上了别人。

她一直高飞，而他们终身追随

1928年，林徽因和梁思成在加拿大举行了婚礼。

当梁思成问：“为什么选择我？”

林徽因回答：“这个问题我要用一生来回答你。”

你以为林徽因的聪明仅仅是那些恋爱中的小心思？不，在感情上她冷静克制，在婚姻里，她同样心思玲珑。

一段感情的落幕，往往是另一段感情的开启。

梁思成第一次见到林徽因时，她还只有十四岁，面容带着稚气。

他老了，仍然在回忆她：“梳两条小辫，双眸清亮有神采，五官精致有雕琢之美，左颊有笑靥；浅色半袖短衫罩在长仅及膝下的黑色绸裙上；她翩然转身告辞时，飘逸如一个小仙子。”

即使是情敌张幼仪，也曾盛赞过林徽因：“徐志摩的女朋友是一位思想复杂、长相漂亮、双脚完全自由的女士。”

林徽因飞扬灵动，不是凡俗女子，嫁进名门望族做儿媳妇，她丝毫不逊色。

对她而言，婚姻不是坟墓，而是另一个展示自我的舞台。

婚后，林徽因与梁思成同时受聘于东北大学建筑系，后来更是被聘为清华大学建筑系一级教授。

她设计的“白山黑水”图案成为东北大学的校徽；她伴随梁思成去河南洛阳龙门石窟、开封及山东历城、章丘、泰安、济宁等地，夫妇俩共同走了全国十五个省、二百多个县，奔波辗转，考古研究；她主修设计了八宝山革命公墓建筑格局。

为了保护北京古牌楼，她甚至指着北京市长吴晗的鼻子痛斥：“你们真把古董拆了，将来要后悔的！即使再把它恢复起来，充其量也只是假古董！”

在这段婚姻里，她做了一株木棉，不依不靠，坚韧地陪在梁思成身边。

提到林徽因，不能不提“太太的客厅”。当时，梁家的文化沙龙一月一次，名流云集，是很多文人爱去的地方，胡适、沈从文、梁实秋、闻一多等都是林徽因的座上宾。这群知识分子谈论文学与艺术，朗诵中外诗歌和散文，其中以林徽因最富魅力，她美丽而机敏，常有思想的火花迸出。

所有的目光都追逐着林徽因，犹如众星拱月。人人都称赞林徽因是女神，却不知道和女神柴米油盐过日子是什么情形。

如果爱情注定是不对等的天平，那么，梁思成无疑是低头的那个。

少年时他们留学美国，每次约会，梁思成都早早地等在女生宿舍楼下，而“林小姐千妆万扮始出来”。

婚后，他们有一段奔波的逃难岁月，林徽因不幸染了肺病。为了她，梁思成俨然成了一个绝好的私人医生，输液、打针、消毒和煎药，样样都是他亲自上阵。

在李庄避难时，林徽因缠绵病榻，整日整夜咳嗽。他们的生活条件很糟糕，没有仆人，没有水电，梁思成不得不自己动手生火炉，给她取暖。

林徽因病中饮食挑剔，尽管环境不允许，梁思成还是尽可能地照顾她的口味。都说君子远庖厨，他却一手包了厨房的活计，煮饭做菜不在话下。

别人的婚姻都是柴米油盐，红玫瑰碾成了蚊子血，白玫瑰沦落为饭黏子。而林徽因不，她照旧要做高高在上的女神，她那强烈的自尊心和满腹的诗人气质，不容许她向世俗低头。

她不招婆母喜欢，和大姑子的关系也不好，细究起来，甚至没几个女性朋友。

回到清华园后，他们的生活状况总算好了很多，林徽因的身体却每况愈下。肺病是会传染的，按理家人应该做一些适当的隔离措施，可是林徽因不允许，她不能接受这种疏离和嫌弃。梁思成自始至终都带着子女和她同桌吃饭，就算最后染上肺结核，也丝毫没有怨言。

累吗？这样的生活当然累。

如果爱是低到尘埃里才开出花，那么梁思成的低姿态已到了虔诚的程度。

二十七年的婚姻生活，他一直供奉着他的女神。

梁思成曾花了一周的时间，给林徽因做了一面仿古铜镜。从雕刻、铸模到翻砂，每道工序都是他亲自经手，诚意十足。在镜子的背面，他写着：林徽因自鉴之用民国十七年元旦思成自镌并铸喻其晶莹不玷也。

晶莹不玷，有哪个女人能在漫长的婚姻生活之后，仍然得到丈夫这样高的评价？在梁思成心里，林徽因始终是女神。

梁思成曾经说：“我不否认和林徽因在一起有时很累，因为她的思想太活跃，必须和她同样反应敏捷才行，不然就跟不上她。”

此话一出，得罪了很多的“林粉”，尤其这是在林徽因去世后，他们纷纷指责梁思成薄幸。

真是冤枉。梁思成称得上是十足的君子了，气度宽宏，“林徽因的丈夫”，这个角色换作任何人，恐怕都做得不如他。

其实，这也正是林徽因毕生想要的结果。某种程度上，梁思成一直在追逐她，正是这种无声无息的追逐，让林徽因作为个体的魅力更加鲜活，而不是一个作为“梁夫人”的附属。

他虽然会抱怨累，会疲于奔命，但他甘之如饴。追随一个魅力不凡的女人，当然要比娶个庸妇有成就感。

分得清情，也懂得爱

林徽因比许多女人要聪明，她把婚姻当成了艺术在经营，不是每个人都有这样的觉悟和手段。

女人太过聪明，就难免被人怀疑感情不够纯粹。因此，有人怀疑林徽因对梁思成的感情不深。其实不然。

林徽因和梁思成曾寄居昆明，昔日的金童玉女沦为贫贱夫妻，柴米油盐，样样耗费心神。战乱中，梁思成用于测量的皮尺遗失了，在当时，那是极其难得的物品，他为此烦心不已。林徽因瞒着他，在黑市花二十三元（法币）的高价另买了一条送给他，而她当时一个月所得不过四十元法币而已。

这怎么不是情呢？如果不是出自本心，她那样的脾性，决然做不来这样的温情之举。而当她感情陷入两难时，也没有隐瞒梁思成，而是选择了真诚坦白："我可能爱上了别人。"

那个别人，叫金岳霖。

金岳霖1914年毕业于清华学校，后来留学英美和欧洲诸国，这个著名的哲学家终生未娶，一直恋着林徽因。

二人最早不过以文会友，相互欣赏，那份友情却在日常接触中渐渐升温了。

林徽因主动向梁思成倾诉："我苦恼极了，因为我同时爱上了两个人，不知道怎么办才好。"

这句话让梁思成非常痛苦，仔细思量之后，他告诉林徽因："你是自由的，如果你选择了老金，我祝愿你们永远幸福。"

林徽因没有离开他。她说了那句很著名的话："你给了我生命中不能承受之重，我将用我一生来偿还！"

金岳霖则回答："看来思成是真正爱你的，我不能伤害一个真正爱你的人，我应该退出。"

三人从此终身为友，毗邻而居。

心若淡定，便是优雅

我们不得不感慨林徽因的高情商。明明是一桩上不得台面的婚外情，到了林徽因这里，倒成就了一桩“逐林而居”的佳话。

1955年，林徽因的肺病已经很严重了，生命渐渐走到尽头，她住进了医院。

一天晚上，她似乎预感到自己的衰弱，突然对护士说：“我要见一见梁思成。”

这时已经是凌晨两点，护士婉言拒绝了：“夜深了，有话明天再谈吧。”

林徽因没有等来这个“明天”，也未能说出自己对丈夫未尽的挂念。

寒冬莅临，人间已无四月。

梁思成在第二天知晓了妻子过世的消息，他在护士的搀扶下走进病房。

那张安静的脸庞依稀还透着当年风华绝代的模样，他忍不住哽咽：“受罪呀！受罪呀！徽，你真受罪呀！”

他陪她走了一生，她却只是他的一程。

七年后，梁思成另娶了林洙，在他心里，或早已放下对林徽因的思念。反倒是金岳霖，突然在某天把他与林徽因共识的老友都请到北京饭店聚会，没讲任何理由。

饭吃到一半时，他才站起来说：“今天是徽因的生日。”

有这样一人，林徽因此生不枉。

微疗愈：

林徽因的一生过得极其恣意和绚烂，徐志摩、梁思成、金岳霖，围绕在这些男人的光环下，她注定不平凡。

林徽因：我的心是一朵莲花

她是得不到的明月光，是心口的朱砂痣，是集红玫瑰和白玫瑰于一身的女神。我们不必去计较她到底爱着谁，这样聪明的女子，爱与不爱都退居其次，她自有本事打一手好牌。

有绿叶相衬当然难得，万花丛中脱颖才是真本事。爱是一场无硝烟的战争，生活也是，天时地利人和固然重要，但自己本身的能力才是决定成败的关键。无论爱情、婚姻还是人生，能跟林徽因学得半点，也够我们赢得一程。

陆小曼：一场风花雪月，终不敌柴米油盐
——小聪明仅能掌控男人，大智慧才能掌控人生

谈到林徽因，谁也绕不开陆小曼。她们就像一簇双生花，又像月与水中倒影，因为美，因为同一个男人，她们总免不了被拿来比较。

按理说，是陆小曼最终赢了这场感情战役，但以胜利者姿态招摇过市的那个反而是林徽因。不信？你随便问个文艺小青年，他多半觉得林徽因是静如莲花的女神，而陆小曼则是肤浅的、虚荣的，甚至是愚蠢的。

然则，陆小曼并不愚蠢，她只是为爱情昏了头。

前段时间，家里的小表妹跟父母闹得不可开交。至于原因，无非是一个男人。

“姐姐，你说他们多现实！什么没有工作啊不上进啊，我又不在乎这些。只要我们在一起，天天喝粥都开心！”她还年轻，说起爱情，眉梢眼角就像开出一朵花。

我笑了笑，摇了摇头。

双十年华的小姑娘，情窦初开，在她看来，有什么比爱情

更重要的呢？虽然这段爱情的保质期在明眼人看来还不如一盒牛奶，但她不在乎。

女人仗着青春貌美，总是容易恣意妄为，免不了头破血流地栽几个跟头，表妹如是，陆小曼亦如是。

女人在皮，女神在骨

胡适说过："陆小曼是旧北京一道不可不看的风景。"

第一次见到陆小曼的照片时，我惊为天人。她穿着一身素白旗袍，拿着画笔，容貌不过是中人资质，但形态慵懒，神态安闲，那气韵和风雅活脱脱就是一阕意境风流的花间词。

难怪徐志摩为她如痴如醉。

我私心里以为连林徽因也落了下风，林虽容貌秀美，但神韵远远不如陆小曼这般浪漫生动。

陆小曼是20世纪30年代活跃在北平与上海滩的名媛，她出身高贵，自小就受到良好的教育。她的父亲陆定是晚清举人，曾到日本早稻田大学读书，是日本内阁首相伊藤博文的得意弟子；她的母亲吴曼华也是名门之后，多才多艺。

出生在这样的家庭，陆小曼一直接受着新式教育。当时，到中学念书就是富人的一种消遣，并不多见，女孩子念书更是少之又少。陆定十分宝贝这个女儿，在陆小曼九岁时，就送她进了北京女中，而后又送她到法国人开办的圣心学堂。这是一所贵族学校，几乎云集了所有北京军政界部长的千金小姐们。不仅如此，陆定还专门为她请了一位英国女教师，教授她英文。

陆小曼生性聪慧，十六七岁就精通英、法两国语言，还弹得一手好钢琴，又精于油画。

在学校里，大家都称她为“皇后”。

十八岁时，陆小曼逐渐闻名北京社交界。她的多才多艺，她的热情大方和彬彬有礼，她的明艳笑容、轻盈体态和柔美声音，都令无数人倾倒。

外交总长顾维钧十分欣赏陆小曼。有一次，当着陆定的面，顾维钧对另一个朋友说：“陆定的面孔，一点也不聪明，可是他女儿陆小曼小姐却那样漂亮、聪明。”

如果名媛也分级别，那陆小曼绝对是站在了巅峰，当时人称“南唐北陆”，将她和唐瑛并列双璧。

她生来就是目光的焦点。华服、豪宅、美貌、众人的追捧、体面的朋友，所有这些美好的东西，她得来不费吹灰之力，自然也觉得一切都是理所当然。

很多人拿陆小曼和林徽因比较，论外貌和才情，陆小曼丝毫不逊色。但今时今日，陆小曼与林徽因的地位已不可同日而语，究其原因，她就输在——有小聪明，无大智慧。

想要很多很多的钱，也想要很多很多的爱

陆小曼虽然天资聪颖，但她毕竟没受过任何正规的大学教育，眼界自然比不得年少留学的林徽因。相比于林徽因对建筑事业的热情和向往，陆小曼更为实际，她的人生目标就是成为一个名流的太太，过众星捧月般的生活

这样一个明眸皓齿的可人儿，自然有无数人趋之若鹜。陆家夫妇千挑万选，终于为她选定了如意郎君王赓。

王赓少年得志，年纪轻轻已是陆军少将。他毕业于清华大学，后赴美留学，到西点军校攻读军事，与美国名将艾森豪威尔是同学。

这桩婚姻，是当时上流社会典型的绅士配淑女，轰动一时。

婚礼在豪华的“海军联欢社”举行，场面宏大，光是新娘的女傧相就有九位，她们是曹汝霖的女儿、章宗祥的女儿、叶恭绰的女儿、赵椿年的女儿和孙宝琦的女儿，还有数位英国小姐，其规格可想而知。

中外来宾几乎把“海军联欢社”的大门给挤破了，陆小曼就这样风风光光地嫁给了王赓。

假如婚礼的隆重程度能够和婚后的幸福程度成正比，那么，世上应该会少一些怨侣吧。然而事情往往不尽如人意，结婚半年，陆小曼的婚姻就出现了危机。

她百无聊赖地在日记中写道：“她们（母亲）看来夫荣子贵是女人的莫大幸福，个人的喜乐哀怒是不成问题的，所以也难怪她不能明了我的苦楚。”

她有什么苦楚呢？她是名流太太，绫罗裹身，豪车随行，左拥右呼，王赓给了她所有女人都艳羡的物质生活。但这还不够，至少她觉得不够。

亦舒曾经在《喜宝》中写下一段话，这大概是所有女人的心声：“我想要很多很多的爱，如果没有，那么很多很多的钱也是可以的。”

陆小曼不缺财富，她有很多很多的钱，所以她更想要很多很多的爱。她一面享受着王赓给予的富贵生活，一面抱怨王赓的不解风情和无趣。

她烦恼这无爱的婚姻，烦恼婚姻带来的束缚，烦恼一切的不自由和不自在。

唐瑛有次请他们夫妇吃饭，王赓有事缺席，让陆小曼独自赴约。他特意嘱咐她，不要单独随他们外出跳舞。陆小曼心有不满，当同伴们约她外出跳舞时，她没有马上答应。

有人开玩笑说：“我们总以为受庆（王赓的字）怕小曼，谁知小曼这样怕他，不敢单独跟我们走。”

正巧王赓的车驶到家门口，看到陆小曼被人拉上车，他气得面孔绯红，大声责骂她：“你是不是人？说定了的话不算数。”

陆小曼本就对王赓有所不满，他还这样当众伤她情面，这一切，使得这段没有感情维系的婚姻摇摇欲坠，夫妻之间的间隙也越来越大。

徐志摩在这个时候走进了陆小曼的生命。

郁达夫形象地说过：“志摩热情似火，小曼温柔如棉，两人碰在一起，自然会烧成一团，哪里还顾得了伦教纲常，更无视于宗法家风。”

徐志摩本是一心追随林徽因回国的，在遭到对方婉拒后，他说要去茫茫人海中寻访他唯一的知己。很快，命运将陆小曼送到了他跟前。

徐志摩给陆小曼的诗中写道：“那时我凭借我的身，轻盈盈的，沾住了她的衣襟，贴近她柔波似的心胸，消融，消融，消融，融入了她柔波似的心胸。”

坊间流传，他们是在舞会上相识的。不过惊鸿一瞥，他的视线便难以转移。

徐志摩与王赓同是梁启超的学生，因此，他是王家的常客。这无疑给了徐志摩和陆小曼更多见面的机会，二人越走越近。

王赓专注于工作，每逢应酬，他总是对陆小曼说："我没空，叫志摩陪你玩吧。"

这位少将实在愚钝得可爱，自己的娇妻美眷，倒舍得让旁人作陪。徐志摩本就是翩翩公子，又温存体贴，自然容易得佳人青睐。他和陆小曼形影相随，游长城，逛街桥，到西山看红叶，到来今雨轩喝茶，一切都照着她的喜好。

当然，徐志摩最大的武器是诗歌。

他毫不掩饰地描述了他对陆小曼的动情："桃花早已开上你的脸，我更敏锐的消受你的媚，吞咽你的连珠的笑；你不觉得我的手臂更迫切的要求你的腰身，我的呼吸投射到你的身上，如同万千的飞萤投向光焰？这些，还有别的许多说不尽的，和着鸟雀们的热情的回荡，都在手携着手的赞美着春的投生。"

他热辣辣地表达爱意："你摸摸我的心，它这下跳得多快；再摸我的脸，烧得多焦，亏这夜黑看不见；爱，我气都喘不过来了……"

徐志摩走出了林徽因的影子，走进了陆小曼的网。

诗人的爱总是毫无节制的，而偏偏陆小曼也是个恣意任性的公主。纸包不住火，二人的私情很快被捅破，一时闹得人尽皆知。

陆小曼决心与王赓离婚。徐志摩大喜，连忙托付刘海粟从中帮忙，于是，这位"艺术叛徒"办了一场赫赫有名的"功德林"宴会。

宴会请了陆小曼母女、徐志摩、杨杏佛、唐瑛、李祖法等人。

当着大家的面，刘海粟意味深长地说："夫妻双方应该建立在人格平等、感情融洽、相互理解的基础上。妻子绝不是丈夫的点缀品，妻子应该是丈夫的知音。"

王赓坐不住了，他饮了酒，说道："我今天还有些事情，要先走一步了，请各位海涵。"转而又对小曼说："小曼，你陪大家坐坐，待会儿随老太太一起回去吧！"

宴会之后的两个月，王赓向陆小曼坦白："小曼，我想了很久，既然你跟我一起生活感到没有乐趣，既然我不能给你所希冀的那种生活，那么我们只有分开。"

他们离了婚。

换作任何别的女人，大概都不会选择离婚。这本不过是一段郎情妾意的心动，花月相逢，谁没有过呢？却没有人像陆小曼这样闹得举世瞩目，闹得毫无回旋的余地。

比如林徽因，她同样在婚内爱上了金岳霖，但她的克制与低调，换来了所有人的理解与尊重。

陆小曼并不笨，她也是个有灵气的聪明女子，她只是没有林徽因的思想和眼界。她那点聪明都是小打小闹家常似的，出了闺阁，似乎不够用。

她的聪明劲儿都用在了风花雪月上，就是一股外放的任性劲儿，没有一点内省和自知。她从来没有认清过自己，连她真正想要的和真正需要的是什么，她都没有搞明白，就那么糊里糊涂地走一步看一步。这已然注定了她最后的悲剧。

所有的荡气回肠，都会归于平凡

徐志摩的父母始终不愿接受这个儿媳。徐老太太背地和张幼仪嘀咕：“吃晚饭的时候，她才吃半碗饭，就可怜兮兮地说：‘志摩，帮我把这碗饭吃完吧。’那饭还是凉的，志摩吃了说不定会生病呢！”

徐志摩的父亲在一旁搭腔：“吃完饭，我们正准备上楼休息的时候，陆小曼转过身子又可怜兮兮地说：‘志摩，抱我上楼。’”

周遭就没几个人祝福他们的恋情，陆小曼视而不见。

如果世界都站在你的对立面，可能是全世界都错了，更大的可能却是你错了。这话，没人对陆小曼说。

就在这年的七月初七，陆小曼与徐志摩举行了订婚仪式。

梁启超对陆小曼和徐志摩的婚姻非常不满，在婚礼上送了两个人一段“空前绝后”的证婚词：“徐志摩，你这个人性情浮躁，以至于学无所成。做学问不成，做人更是失败，你离婚再娶就是用情不专的证明！陆小曼，你和徐志摩都是过来人，我希望从今以后你能恪遵妇道，检讨自己的个性和行为！”

这番不怎么客气的话，给这段婚姻罩上了一层暗色的阴影，所有人似乎都不看好他们。

但爱情总是容易让人昏头的，陆小曼与徐志摩很快开始了他们甜蜜的日子。陆小曼说：“我们从此走入了天国，踏进了乐园……一同回到家乡，度了几个月神仙般的生活。”

然而，幸福总是短暂的，痛苦却来得很快。徐志摩的父母非常不喜欢陆小曼，他们宁可去北京与前儿媳张幼仪一起生活。

在心气高傲的陆小曼看来，这分明是一种侮辱。

聪明的女人都知道，嫁给一个人，还意味着嫁给一个家庭。当年林徽因舍弃徐志摩，选择了梁思成，未尝没有出自家世的考虑。梁启超是当世大儒，自然比硖石首富的徐申如更受人尊崇，况且她一向得梁公的青睐。

婆媳失和只是一条隐隐的导火线，陆小曼和徐志摩的婚姻摩擦，更多的来自于二人渐渐暴露的个性差异。

他们原本就是不同世界的人，性格差异也极为明显，矛盾自然而然就产生了。

婚后不久，陆小曼就提出要移居上海，两个人于是在福熙路四明村筑起爱巢，过了一段甜蜜恩爱的生活。

上海的灯红酒绿很快迷住了陆小曼，她再次回到社交圈。

惊人的魅力，名媛的身份，加上她是著名诗人的太太，陆小曼的出现引起了极大的轰动。

十里洋场，王孙贵胄和富商巨贾趋之若鹜，陆小曼如鱼得水，一跃成为人人倾慕的交际花。她热衷于各种饭局、跳舞、票戏义演，出足了风头，也砸了无数的时间和金钱。

对于这样的生活，徐志摩并不赞成，多次婉转地劝告她，但陆小曼并不听。她似乎没有恋爱时的激情和灵气了，只沉溺于跳舞、打牌和听戏。

陆小曼身体孱弱，为了讨她喜欢，徐志摩一味隐忍。这倒更让她变本加厉，夫妻之间开始滋生罅隙。

这个时候，徐家出于对陆小曼极度不满，在经济上与他们夫妇一刀两断。为了维持家用，应付陆小曼的挥霍无度，徐志摩不得不同时在光华、东吴、大夏三所大学讲课，课余还赶写诗文，以赚取稿费。

陆小曼过惯了一掷千金的生活，压根儿不懂得持家。徐志摩忍不住埋怨："我家真算糊涂，我的衣服一共能有几件？你自己老爷的衣服，劳驾得照管一下。"

陆小曼立即反唇相讥："上海房子小又乱，地方又下流，人又不可取，还有何可留恋呢！来去请便吧，浊地本留不得雅士，夫复何言！"

她把聪明伶俐拿来斗嘴，半分没有为人妻子的意识，也压根儿不知道该怎么做一个妻子。她大概只擅长做名媛吧。

因为票戏，陆小曼结识了翁端午，他家财丰厚，秉性风流，还有一手推拿的医道本领。二人关系渐入佳境，在翁端午的影响下，她开始吸鸦片。

当时流言疯传，某家小报甚至匿名报道了整个事情，暗示陆小曼红杏出墙。徐志摩虽然痛苦，仍然为娇妻辩解，他说："夫妇的关系是爱，朋友的关系是情，罗襦半解，妙手摩挲，这是医病；芙蓉对枕，吐雾吞云，最多只能谈情，不能做爱。"

多么心酸。不知道徐志摩有没有片刻的后悔，他从前介入王赓的婚姻，如今风水轮流转，轮到别人来介入他的婚姻了。

陆小曼丝毫不懂得收敛，面对徐志摩苦口婆心的劝解，她充耳不闻。两个人一言不合就吵闹，甚至动手。

疲惫的婚姻生活让人心生逃离，刚好，胡适邀请徐志摩去北京大学任教，他答应了。他北上的同时，极力要求陆小曼也随他一起，幻想着两个人到北京去开辟一片新天地，但陆小曼拒绝了。

无奈之下，徐志摩开始了北京、上海两地奔波的生活。

半世素缟，一世悔恨

1931年11月中旬，陆小曼连续打电报催促徐志摩南返。徐志摩回到上海，晚上和朋友小聚，陆小曼仍然在外玩乐，深夜才回来。

徐志摩气闷，二人大吵一架。

郁达夫回忆：“当时陆小曼听不进劝，大发脾气，随手把烟枪往徐志摩脸上掷去，志摩连忙躲开，幸未击中，金丝眼镜掉在地上，玻璃碎了。”

徐志摩彻底绝望，悄然离家到了南京。

19日，为了赶上林徽因那天晚上在北京协和医学院礼堂的一场讲演，徐志摩迫不及待地搭乘了一架邮政机飞往北京。登机之前，他给陆小曼发了一封短信，信上说：“徐州有大雾，头痛不想走了，准备返沪。”

最终他还是走了。

因为大雾影响，飞机在济南党家庄附近触山爆炸，徐志摩身亡。

噩耗传来，陆小曼一下子就昏厥了。

徐志摩的死在社会上引起极大震撼，大家纷纷指责陆小曼，认为是她害死了这位天才诗人。徐志摩的很多朋友甚至和她断了往来。

事故太过惨烈，徐志摩留在现场的唯一遗物是一幅山水画长卷，这是陆小曼年初所画，风格清丽。徐志摩把这张手卷随身携带，是准备到北京请人加题，因为放在铁匣中，才得以幸存。

陆小曼痛悔不已，她在书桌前写下“天长地久有时尽，此恨绵绵无绝期”，从此闭门谢客，不再出去交际。

陆小曼母亲说：“小曼害死了志摩，也是志摩害死了小曼。”

的确，如果徐志摩没有与陆小曼结婚，他不会因此与家里决裂，不会为了金钱四处奔波，不会那么劳累，更不会死于飞机失事。同样的道理，如果陆小曼没有遇见徐志摩，那么她一生仍然是个安乐无忧的名流太太。

这能怪谁呢？她挥洒自己的美好，享受众人艳羡的目光，为了一时的开怀，去赌一个不确定的未来。此前，她不曾考虑结果，此后，她只能碧海青天夜夜心，咽下自己酿成的苦酒。

人总是犯了糊涂、做了错事之后才会幡然醒悟，只是有些来得及，有些则太晚。

我再见表妹时，她跟那个男朋友已经分手。

我问她：“之前还非他不可，怎么这么快就分了？”

表妹淡然地说：“有天我跟他出去吃饭，吃完之后他告诉我身上没钱。这种情况有太多次，我突然觉得，如果以后一直这样，我受不了。”

微疗愈：

我们年轻的时候，总会觉得恋爱大过天，觉得那个穿白衬衣的少年会陪我们一辈子，觉得最幸福的事就是王子和公主从此幸福地生活在一起。

可是，来日方长，我们不知道，生活除了风花雪月还有柴米油盐。我们一定要等到被现实狠狠扇一记耳光后，才肯心悦诚服地认输，才知道不能倚仗爱情过日子。

心若淡定，便是优雅

女人要经营好自己的人生，万万不可随心所欲。小性子和小聪明只是调味品，懂得生活的大智慧才是良方，你才有可能掌控全局，才有可能拥有别人艳羡的人生。

萧红：谢谢你，赠我一场空欢喜

——做自己的主人，别做爱情的奴隶

好友第四次恋爱告吹，在电话里，这个性格直爽的内蒙古姑娘哭得撕心裂肺。

我温言好语地安慰她，就像之前的每一次。那些煽情或励志的话，听着熟稔，又多了点恨铁不成钢的无奈。

她不是不够好，温柔贤良，还烧得一手好菜，可惜情路总是坎坷。第一任男友和她异地，前后交往了四年，虽然南北相隔，她只要有机会就赶到对方身边，洗衣做饭，暖床暖被。最后，她男友却拉着别的姑娘领证了。第二任男友比她年长，每次约出来见面，她总是不厌其烦地说着对方的体贴和甜蜜，而她的男友全程不吭声。这段感情维持了两年，那个男人只给了她一则分手短信，连电话都没有，她坐午夜飞机来见我，一路上眼泪成海。

我隐隐地有了不好的预感，接着，同样的事情又发生了第三次、第四次。她在同一个地方栽了无数个跟头。

这个姑娘自小父母离异，她经常挂在嘴边的话就是：“我最渴望的就是有人能给我一个家，给我安全感。”她把自己对爱对家庭的强烈渴望，无限地施加给身边的男人，这强大的气压让对方喘不过气，进而退却。

在这次电话的最末，我叹了口气："亲爱的，记住，再也不要向别人要安全感。"

飞蛾扑火既是勇敢，也是盲目

电影《黄金时代》上映时，宣传铺天盖地，倒是让我期待了一下。毕竟，萧红是个有故事的人。

电影里的汤唯穿着碎花小袄，扎两条长长的麻花辫，大红的针织围巾衬得整张脸生动明艳，对着镜头笑靥如花。

萧红没有这么美。从照片看，她眉目柔顺，不过是中人资质，甚至因为经历坎坷，早期那点清秀都很快磨灭干净。

她从来都不是美女，也不是文艺战士，她只想做自己，却又永远都做不好自己。

聂绀弩曾经对萧红说："你是才女，如果去应武则天皇上的考试，究竟能考多高，很难。总之，当在唐闺臣（本为首名，武则天不喜她的名字，把她移后十名）前后，绝不会到和毕全贞（末名）靠近的。"

萧红笑着说："你完全错了，我是《红楼梦》里的那个痴丫头香菱。"

她自嘲自己的愚昧和遇人不淑。

萧红本姓张，乳名荣华，后来外祖父给她改名为乃莹。她出生于黑龙江省呼兰县城的一户富裕家庭，被传统命相认定为命贱不祥，父亲对她比较冷漠。

似乎每个天才都有个不幸福的童年，至少，每个早熟的女性是这样。比如乖张冷僻的张爱玲，比如冷静隐忍的林徽因，比如爹不疼娘不爱的萧红。

十四岁时，萧红就由父亲做主，许配给了省防军第一路帮统汪廷兰的次子汪恩甲。他们彼此见过面，萧红似乎对他印象不差，还为他织过毛衣。

这段看似和谐的恋爱关系很快被打破，在萧红十七岁时，一个叫陆振舜的人闯进了她的生命。这个哈尔滨法政大学的青年学生，是萧红的远房表哥，二人相见恨晚，他极力鼓动萧红挣脱家庭包办婚姻。

在已有家室的陆振舜与未婚夫汪恩甲之间，萧红的天平还是偏向了前者。

随着祖父的去世，萧红对于养育自己的家庭不再留恋，她逃出了家门，与陆振舜婚外同居。

女子总是容易被感情左右，做出冲动的举动，却往往忽略了后果。自古以来，为爱私奔的例子不是没有，那些话本和小说里美丽的小姐，都会跟着一文不名的穷书生远走天涯，但轰轰烈烈过后，又有几个人花好月圆呢？

作为一个没有受过多少新式教育，但又与旧时代格格不容的女子，萧红的思想处处充满了矛盾。她追求自由与独立，但她并没有这个能力，只能一次次依赖于人。

最初的兴奋和刺激过后，现实狠狠地给萧红和陆振舜泼了冷水。在北平，他们的生活举步维艰，二人迫于家庭压力分手，很快就各自回了家。

舆论对于一个私奔的女人是苛刻的。文君夜奔成为一出流传千古的佳话，那是因为司马相如够争气，扬名立万；也是因为二人最后还是结为夫妻，被父母所接纳。否则，卓文君只会成为历史札记里的轻佻女子，为千夫所指。

回到家的萧红备受苛责，但她却没有从这段盲目而冲动的私情中获得任何教训。她依旧像一只扑火的飞蛾，使劲地折腾，满心想要逃离那个令人窒息的旧式封建家庭，想要争取自由。可惜她始终不得章法，一次次做出错误的抉择。

春节之后，萧红再一次逃出家门，独自到了北平。这时候，旧情不断的未婚夫汪恩甲不满她悔婚，竟然一路追随她。

萧红竟与他同居了，三个月后，又随他一起返回哈尔滨。

萧红到底作何打算，我们不得而知，但她的轻率任性显然不是一种聪明的表现。

汪恩甲的哥哥不能容忍萧红一再离家出走，他代替弟弟解除了婚约，不愿接纳这个声名败坏的女人。

之前拼死拼活要解除婚约的萧红反倒不乐意了，她到法院状告对方代弟休妻。汪恩甲自然是站在哥哥那边，承认解除婚约是他自己的主张。

萧红输掉了官司，第二次与汪恩甲分手。

人言可畏，舆论铺天盖地袭来。萧红半年前与陆振舜离家出走，如今又与未婚夫打官司，当地人拿她当“怪物”，茶余饭后免不了议论，什么难听的话都有。

萧红的父亲将她带回了乡下老家。

乡村的幽居生活并没有让萧红获得想象中的平静，为了帮助受压迫的佣工，她被伯父吊起来用鞭子打。

二十岁的萧红再次逃了出来。她到了哈尔滨，找到还在读书的汪恩甲，二人住进东兴顺旅馆，再一次开始了同居生活。

很多人或许觉得萧红执拗得有些愚蠢，她何苦要在同一个男人身上来回折腾，白白耗费了光阴和名声。事实上，这时的萧红一心想读书，但她孤身一人，物质和精神的双重压力让她很快走投无路。汪恩甲适时地诱哄了她。

萧红曾经说："我很想上大学，但是无法实现。"

就是这样盲目的信念让她慌不择路，一次次地走进死胡同。

1932年春节，回家过年的汪恩甲把萧红一个人留在旅馆。萧红已经察觉到汪恩甲的不思进取，她想到了离开，于是变卖物品，再次前往北平。

汪恩甲第一时间追了过去，威逼利诱，把她带了回来。

也许萧红是想要开始自力更生的，逃离汪恩甲这个寄生壳，但她很快又妥协了。这其中也许有不得已的难处，但说到底萧红还是不够坚决。

她优柔的性情和盲目的依赖，让她反复地在男人身上栽跟头。

汪家不满萧红的"离经叛道"，知道二人住在一起后，断绝了对汪恩甲的经济资助。汪恩甲不得已向家庭妥协，抛弃了当时已经怀孕的萧红。

萧红在短篇小说《弃儿》中写道："七个月了，共欠了（旅馆）四百块钱。王先生是不能回来的。男人不在，（旅馆的老板）当然要向女人算账……"

那正是她自己的真实写照。

画地为牢，以致为情所困

走投无路的萧红向哈尔滨《国际协报》的副刊编辑求救，竟也得到了对方回应，先后有好几个文学青年到旅馆看望她，其中一个名叫萧军。

此时的萧红大腹便便，处境狼狈，应该也无心收拾自己憔悴的容颜。但萧军还是被她随意涂抹的小诗打动了："那边清溪唱着，这边树叶绿了，姑娘呵，春天来了！去年在北平，正是吃着青杏的时候，今年我的命运比青杏还酸？"

这一年，松花江决堤，萧红趁乱逃出旅馆。不久，她生下一个女儿，送了人。

萧军早已经结了婚，但萧红毫不犹豫地和他开始了同居生涯，这段被萧红称为"没有青春只有贫困"的日子，后来被她不厌其烦地记录到小说《商市街》中。

"只要他在我身边，饿也不难忍了，肚痛也轻了。"女人总是感性的，为了爱情，连面包都可以舍弃。

从保存下来的合影中，我们依稀可以感受到这对年轻人的幸福——他们贫穷，她一连熬好几个晚上，给他织毛衣；她用手帕扎着两条小辫，自己动手劈柴煮饭，他就在一旁帮忙；偶尔有了余钱，他们一起手牵手去小餐馆，点上两三个最便宜的菜，吃饱了，在江畔铺着绿茵的大道上散步。

在这期间，萧红渐渐走上文学创作道路，并得到了鲁迅的高度赞赏。《生死场》是第一部以萧红这个名字署名的作品。鲁迅在序言中称赞说："北方人民对于生的坚强，对于死的挣扎力透纸背；女性作品的细致的观察和越轨的笔致，又增加了不少明丽和新鲜。”

萧军也在同年出版了《八月的乡村》，这对文学伴侣开始声名鹊起。

随着文学创作的成功和经济生活的改善，萧红与萧军的爱情反而出现了裂缝。我们不能不感慨爱情的脆弱，可以共患难，却不见得可以共富贵。多少例子都是血淋淋的，让那绚丽的玫瑰红都变成了噩梦。

成名不久，萧军便爱上了别的女人。

关于此事，萧红在《苦怀》诗中写道：“我不是少女，我没有红唇了，我穿的是从厨房带来的油污的衣裳。为生活而流浪，我更没有少女美的心肠。”

她的额头和眼睛常有青肿。朋友问起，她掩饰地说：“我自己不小心，昨天跌伤了。”

坐在一旁的萧军冷笑：“什么跌伤的，别不要脸了！是我昨天喝了酒，打的。”

一个男人要有多硬的心肠，才能对自己的女人这样冷漠绝情。

许广平说萧红时常头痛，还有一种旧疾：“每个月经常有一次肚子痛，痛起来好几天不能起床，好像生大病一样。”

连旁人都能关怀萧红的体弱，而萧军却是“爱便爱，不爱便丢开”。他对着鲜艳的新人抒情：“有谁不爱个鸟儿似的姑娘？”

1936年7月，萧红在鲁迅等人的建议下远赴日本。她从日本给萧军写信说：“你是这世界上真正认识我和真正爱我的人！也正为了这样，也是我自己痛苦的源泉，也是你的痛苦源泉。可是我们不能够允许痛苦永久地啮咬我们，所以要寻求各种解决的法子。”

她试图用距离来弥补两个人之间的裂缝。

大多数时候，女人远不如男人绝情，当爱情有了芥蒂，她始终还是心存幻想，以为能够回到最初的美好。

次年，萧红回了国，与萧军短暂和好。但是很快，她发现萧军与有夫之妇许粤华的私情，他们再也无法生活下去了。

萧红彻底灰心了。

萧军并不理解她的灰心，他在日记里愤然地写道：“吟（萧红的笔名）会为了嫉妒，捐弃了一切同情，从此，我对她的公正和感情有了较正确的估价了。原先我总以为，她会超过于普通女人那样的范围，于今我知道自己的估计是错误的，她不独有着普通女人的性格，有时甚至还甚些。总之，我们是在为工作而生活着了。”

他在怨恨萧红不能宽容地对待他的私情。真是荒谬至极！在他看来，萧红就应该像旧社会的正室夫人一样，贤惠到主动为他纳妾。

葛浩文曾经义愤填膺地说：“在两人的关系中，萧红是个管家以及什么都做的杂工，她做了多年萧军的用人、姘妇、密友以及出气包！”

话虽刻薄，但事实如此。

抗日战争的爆发为萧军提供了最冠冕堂皇的分手理由，他抛弃萧红，独自去了大西北。二人正式分手，但造化弄人，此时的萧红偏偏怀了萧军的孩子。

在这种情形下，萧红选择了嫁给端木蕻良。

最靠得住的人，只有你自己

这可以说是萧红又一次不负责任的决定。她根本没有从上一段感情中走出来，也没有能力开始一段新的感情，她只是需要依托。

萧红说："他不只是尊敬我，而且大胆地赞美我的作品超过了萧军的成就。"大概是她一生都太孤苦，在此之前，只有鲁迅和胡风给过她支持和温暖，端木蕻良这点小小的善意立刻让她感动了。

可是，婚姻不是一时的感动，爱情也不是盲目的依赖。萧红丝毫没有吸取几段感情的教训，她就像一个溺水者，手忙脚乱地要抓住每一个可能给她温情的人。

萧红的朋友都反对这场婚礼，他们质问她："你不能一个人独立地生活吗？"

是的，她一直在追求独立，但她却一直没有明白独立的真谛。

在婚礼上，萧红讲了一段话："掏肝剖肺地说，我和端木蕻良没有什么罗曼蒂克的恋爱史。是我在决定同三郎永远分开的时候，我才发现了端木蕻良。我对端木蕻良没有什么过高的要求，我只想过正常的老百姓式的夫妻生活。没有争吵、没有打闹、没有不忠、没有讥笑，有的只是互相谅解、爱护、体贴。我深深感到，像我眼前这种状况的人，还要什么名分。可是端木却做了牺牲，就这一点我就感到十分满足了。"

这难道不荒谬吗？她指望一个并不了解的男人来配合她的婚姻蓝图，她甚至没有考虑过对方想要的婚姻是什么样子。

后来的事实证明，萧红再一次选错了。

他们的婚姻并不和谐，两个人在公共场合似乎没有任何亲密的姿态，连说笑的画面也少见。

她为鲁迅写过一些纪念的文章，当着朋友的面，他毫不客气地冷嘲：“这也值得写，这有什么好写？”

他打了人，让她挺着大肚子，前前后后地去张罗调解，他则躲在家里不出门。她愤懑地说：“好像打人的是我。”

有一次，他们去看望曹靖华。曹靖华注意到端木蕻良的原稿是萧红的字迹，他问萧红：“为什么像是你的字呢？”萧红说：“是我抄的。”“你不能给他抄稿子！他怎么能让你给他抄稿子呢？不能再这样了。”曹靖华先生义正词严地劝告她。

这是在为萧红惋惜。谁都知道，端木蕻良与萧红的艺术才华是不能同日而语的。

婚后不久，日军轰炸武汉，端木蕻良留下大腹便便的萧红，独自前往重庆。萧红一个人历经磨难跟过去，他却连落脚的住所都没有预备。她几次搬家，最后无奈地住到友人白朗家中。

年底，萧红生下一个孩子，很快就夭折了。

这样惨淡的婚姻显然和她原先预计的不一样，但萧红似乎打算逆来顺受，她有着“过多的自我牺牲精神”。

他们共同生活了三年，最后在战火中离开重庆，飞抵香港。她在贫病交迫中坚持创作了中篇小说《马伯乐》和长篇小说《呼兰河传》。

两年后，病情加重的萧红被送进医院，因为庸医误诊，她做了喉管手术，说不了话。雪上加霜的是，她的肺结核越来越严重了。

这样的境况让萧红愈加没有安全感。她时刻担心自己会被遗弃，每次看到端木蕻良出门，她都要惴惴不安很久，等他回了家，她才会放心。

不久后，为了躲避战乱，萧红随端木蕻良迁入香港思豪酒店。次日，端木蕻良便离开了，有人说他是薄情地遗弃妻子，有人说他是有要事在身，有人说他是去谋求出路。不管真相如何，在生命的最后时刻，陪在萧红身边的不是端木蕻良，是小她六岁的骆宾基。

据说，萧红曾经答应，如果能活下去，一定要嫁给骆宾基。这种病床上的允诺听起来荒唐，想想却的确是萧红的作风。端木蕻良没有尽到任何丈夫的责任，生死关头，她需要依赖，她再一次迫不及待地想抓住点什么。

萧红曾经说："三郎若是知我病重，一定会不远千里来救我……"

她还是惦记着萧军。

这么多年的沉浮，她的心理始终没有成长过，她还是那个被困在宾馆里的怀孕少女，遭尽冷眼，期待着有人能解救她。

萧军曾经作为一个"英雄"出现，让她惦记了半生，此后她再没有遇到类似的"英雄"。所以，尽管萧军后来让她失望，尽管她一次次地寻找不同的解救者，到了最后，她仍旧盲目地信赖着她最初得到的那点温暖。

据骆宾基的《萧红小传》记载，萧红临终前在一张纸片上写下："半生尽遭白眼冷雨……身先死，不甘，不甘。"

她应该是不甘心的。她爱过三个男人，生了两个孩子，却没有一个人真真正正地给过她想要的生活，连温暖都是片刻的。

微疗愈：

要有多执拗，才会让萧红在吃了那么多苦头之后，依然没有任何长进呢？

从少女时代开始，萧红就一味地追求恋爱自由和个性解放，她一次次将希望放在不同的男人身上，但她从来没有明白过，真正的独立其实是自我的独立。

女人只有靠自己才能获得幸福和新生，至于遇到什么人，并不会从根本上改变你的人生。如果你足够强大，任何人都是为你的人生锦上添花，即便遇上坏男人，那也不过是粘在墙上的蚊子血，大不了擦掉重漆一次。

所以，聪明的女人应该早早明白，靠男人、靠机遇，不如实实在在地靠自己。

蒋碧微：因为深爱，所以憎恨

——我们要相互亏欠，不然凭何怀缅

周末闲来无事，和几个朋友去电影院怀旧，重温了一次《廊桥遗梦》。电影结束时，很多人都红了眼。

从电影院出来，我叹了口气：“小说里弗兰西斯卡和罗伯特没有再见过面，就该这样的。如果再见不能红着眼，是否还能红着脸；如果过去还值得眷恋，别太快冰释前嫌。终归到底，感情这件事真的很难让人释怀。”

“是吗？”其中一个男性朋友看着我，“红着眼是难过得想哭吗？为什么红着脸呢？是憋着哭不出来？”

果然，男人和女人来自不同的星球。

“你和前任见面会哭？这不是很奇怪吗？”他连忙补充道，“如果你还爱着人家，那当初就不要分手啊！”

听起来似乎很有道理的样子，但是爱情常常是没有任何道理可讲的。

爱情最好的模样永远是初相见

一个男人，再聪慧睿智，恐怕也不能明白一个女人在感情里所要求的势均力敌和两败俱伤。没有人能在爱情里算得清清楚楚，从什么时候开始心动，到什么时候结束，谁爱得铭心刻骨，谁又爱得漫不经心，它往往不符合守恒定律。

因为我爱过你，所以，你永远都有辜负的嫌疑。别说情用命抵，感情只能用感情来衡量和报答，别的任何东西都只是一种形式上的补偿。这一笔糊涂账，无人算得清。

蒋碧微偏偏就是这样锱铢必较的女人，她这一场棋逢敌手的爱情，轰轰烈烈，最后却惨烈收场。她和徐悲鸿，说到底就是一场彼此亏欠的爱过。

初次见面，她还叫蒋棠珍，是苏州名门闺秀，妩媚娟秀，知书达理，静美如那三月新开的桃花。更重要的是，她早就有了婚约，在十三岁时，家里就将她许给了苏州望族查家的小公子查紫含。徐悲鸿是才华横溢的青年画家，颇得蒋家人看中，与他们一家交情不浅，时常出入蒋家，他对蒋碧微是一见钟情。

娉娉婷婷的少女听多了有关徐先生的传闻，心里暗自好奇。在一次徐悲鸿上门拜访时，她借故走过大厅，看了他一眼。自此，徐悲鸿的才华和气质深深吸引了她，日常的接触也让这两颗年轻的心越走越近。

本来，这只是“恨不相逢未嫁时”的遗憾，于情于理都不能继续。也许老了，这份情愫会成为一点甜美的念想，成为两个人隐蔽的回忆。但事情就是这么凑巧，当时正在考试的查紫含传出作弊丑闻，待嫁闺中的蒋碧微痛苦万分，想到自己托付终身的夫君如此不堪，她心里的天平自然而然地偏向了徐悲鸿。

谁不希望自己的爱人是那个脚踏祥云而来的大英雄呢？

就在这时，徐悲鸿托人向她问话："假如现在有一个人，想带你去外国，你去不去？"

蒋碧微早就听闻徐悲鸿要出国游学，但她做梦也想不到他竟然要带她一起去。巨大的幸福和欣喜击中了她，她脱口而出："去！"

徐悲鸿私下刻了一对水晶戒指，一只刻着"悲鸿"，一只刻着"碧微"。有人问起，他神秘地一笑，宣称那是他未来太太的名字。

在前往日本的渡轮上，徐悲鸿把那只戒指送给了她，从此，她的名字就改成了蒋碧微。

这分明是一出卓文君与司马相如的浪漫私奔，爱情在此刻变得格外鲜活，两个人迫不及待地开始了新的生活。

彼时的徐悲鸿已有原配，虽然病逝，但在蒋父的眼里，他始终不是女儿的良配。况且，蒋家和查家是世交，退亲谈何容易？蒋碧微临走时留下"遗书"，诈称自杀，留下烂摊子一走了之。得知实情的蒋梅笙勃然大怒，却不得不为女儿掩饰，为了避免查家的追究，他对外宣称蒋碧微"暴毙"，甚至还买了一口棺材，装着石头，像模像样地葬了。

很多人在感情遭遇阻拦的时候，总觉得那些阻拦才是问题，却从来没有想过为什么会产生阻拦，其实那才是真正的问题。

我有一个很要好的女朋友，她曾经因为异地恋遭到家里反对。但她力排众议，和男友爱得如漆似胶，简直要向全世界证明他们能修成正果。好不容易双方家长松口了，婚事提上日程，她反而意兴阑珊了，闷闷不乐地跟我吐槽，因为风俗和饮食差异，两个人矛盾很多。

南北差异一直就有，矛盾也一直都在，只是她选择性失明了。等到尘埃落定，才来计较水土不服。

蒋碧微和徐悲鸿也是，他们以为最大的问题来自于旁人的反对，其实真正的问题是来自于他们彼此截然不同的生活背景和人生态度。

婚后的六年里，徐悲鸿带着蒋碧微在欧洲各国游历，这段拮据的岁月大概是他们日后最安稳的回忆了。对徐悲鸿而言，蒋碧微不仅是他的生活伴侣，还是他最佳的模特和艺术灵感的来源，他为她画了大量的画，蒋碧微最喜欢其中的一幅《琴课》。

画纸上，蒋碧微露出姣好的侧脸，拨弄着小提琴，身段窈窕，一派娴静优雅的姿态。

他那时候一定深爱她。

1921年夫妇俩留学欧洲，这时，蒋碧微遇到了张道藩。这个英俊潇洒的青年画家为蒋碧微的风姿倾倒，无所顾忌地射出了爱神之箭。

蒋碧微拒绝了。但这并没有冷却对方那颗狂热的心，张道藩多次示爱，到了1926年，他甚至从意大利给蒋碧微寄了一封倾诉衷肠的长信，向她求婚。

都说婚姻有五年之痛和七年之痒，在一起生活多年后，蒋碧微感受到激情在婚姻中的退去，她怅然若失。徐悲鸿沉溺于艺术创作，对妻子的温存越来越少，而张道藩情感细腻，对蒋碧微诸多呵护。面对这份炽热的爱慕，她迷茫了、犹豫了。

陷入痛苦的蒋碧微最终还是选择了拒绝，她关闭了对张道藩的感情闸门，理智地回了一封长信，劝张道藩忘了自己。随后，失意的张道藩匆忙结了婚。

婚姻是寸土必争的保卫战

但蒋碧微万万没有想到，她的克制并没有挽救自己的婚姻。上帝好像故意开了个玩笑，另一个少女走进了徐悲鸿的生命。

徐悲鸿是喜欢过孙多慈的，可能是来自对那份才华的赞赏，可能是来自那股年轻的鲜活的吸引。不管怎么样，他确实动了心。

与蒋碧微的极力克制不同，徐悲鸿让自己的这份新情愫生了根、发了芽，宣扬得尽人皆知。

他毫不掩饰自己对孙多慈的喜爱，逢人便宣扬她是天才，甚至有时上课也只教她一个人。当时的流言闹得沸反盈天，蒋碧微当然怒不可遏，她曾经冲到画室去找孙多慈算账，甚至撕毁了很多徐悲鸿绘制的画像。

很快，蒋碧微开始和徐悲鸿分居。就在这个时候，张道藩再次见缝插针地出现。

此时的张道藩在国民党政府任职，春风得意。重遇蒋碧微这位心中的女神，他殷勤备至，使出百般伎俩，蓄意讨好，为的就是俘获她的芳心。

而徐悲鸿追求孙多慈的道路并不平坦。孙家不赞成这门婚事，蒋碧微更是从中作梗，跑到孙家大闹。为了安抚孙家父母，徐悲鸿在《广西日报》上发表声明，宣称和蒋碧微解除非法同居关系。

爱恨只是一念之差，当年的离家私奔和天涯相随，如今变成了他口中的“非法同居”，实在是讽刺。由此可见，男子如果狠心起来，更甚于女子百倍千倍。

蒋碧微彻底死心了，她毫不犹豫地投入了张道藩的怀抱，二人开始正式同居。

一个心灰意冷的女人，决绝起来也让人瞠目。

此时，为了阻止徐悲鸿与孙多慈的这段感情，孙家甚至举家搬迁。

在陌生的环境里，孙多慈被日夜监视，没有任何自由出入的机会。徐悲鸿曾经不死心地找上孙家，孙多慈的父亲当即一拍桌子，扔了筷子说：“不许进门！”

当时还有外人在，孙多慈的母亲劝说：“既然徐老师都来安庆了，就让他们见面吧！”

孙多慈的父亲勉强同意了，但条件是徐悲鸿不能跨入孙家的大门。

两个人最终在安庆的菱湖公园见了面。孙母不放心，叫人跟着去，在一旁“监视”他们俩。

有旁人在场，两个人满肚子的话却说不出口。临别的时候，孙多慈伏在徐悲鸿肩头，泪眼婆娑。徐悲鸿也流出了眼泪，他说：“这可能是最后一次见面了！”

不久，孙多慈迅速嫁人，这场沸沸扬扬的师生恋，最后无疾而终。

徐悲鸿情伤黯然，出国周游散心。几年后，他再次回到蒋碧微身边，向她承认错误，希望她能接纳自己，挽救这段婚姻。

蒋碧微质问他：“假如你和孙多慈决裂，这个家的门随时向你敞开。但如果是因为人家抛弃你，结婚了，或者死了，你回到我这里，对不起，我决不接收。”

事实上，此时的蒋碧微早已是张道藩的情妇，二人同住同寝。对于这些，徐悲鸿何尝不知道？

在这场尴尬难堪的会面里，二人都已面目全非，初心不在。

要么百忍成双，要么敢爱敢舍

如果就此打住，也许他们就是一对儿女情长的怨偶，时间久了，相忘于江湖，但故事并没有就这样结束。

1942年，徐悲鸿遇到了他人生的另一个红颜知己廖静文。他要娶她，于是，他再一次登报发声明，说和蒋碧微已经解除了同居关系。

蒋碧微不再隐忍，她高调地放出话，她完全同意办理离婚手续。但作为青春赔偿费，她开口向徐悲鸿索要一百幅画，四十幅古画，还有一百万元钱。

如果没有爱，能有很多很多的钱也是好的。

徐悲鸿答应了，为了赶制这一百幅画，他废寝忘食。廖静文后来回忆：“为了还清她索要的画债，悲鸿当时日夜作画。他习惯站着作画，不久就高血压与肾炎并发，病危住院了，我睡在地板上照顾了他四个月才出院。”

她对蒋碧微是怀有怨怼的，如果不是蒋碧微狮子大张口，徐悲鸿可能不会如此早逝，她仅仅享用了八年夫妻恩爱而已。而蒋碧微则在回忆里写：“时至今日，我敢于说：如果不是这场恋爱事件所导致的一连串恶果，他在艺术上的成就会更辉煌，说不定他还不至于五十八岁便百病丛生地死于北京。”

她仍然在怨恨孙多慈，怨恨那个害她家庭破灭的第三者。

蒋碧微肯定是爱着徐悲鸿的，可能至死未休。

正是因为深爱，所以她才分外苛责，她不允许他心里留有任何别的女人的影子；因为深爱，所以她才如此理直气壮，尽管她自己投进了别人的怀抱，她仍有底气要求他的补偿；因为深爱，所以她把那幅最爱的《琴画》始终挂在自己的卧室。

我爱你又怎么样呢？你辜负了我，所以你欠了我，所以我要你一直对我怀有歉意。

很难说他们俩谁对谁错。各自有亏欠吧。

徐悲鸿一定深爱过蒋碧微，他一生画过那么多女人，画得最好的始终是蒋碧微。他觉得歉疚，因为自知负了她青春与真心，所以尽管她跟了别人，他依然呕心沥血给她大笔的银钱和画，正是这些东西，支撑她走完孤苦冷清的后半生。但他爱上了别的女人，公开和她撇清关系，这又是一种真真切切的无法磨灭的伤害。

她呢，她做了张道藩的情妇，可以说不守妇道，却还口诛笔伐地找他要青春损失费，要高额赔偿金；她也找上孙家，拆散了那段姻缘，孙多慈不得不仓促另嫁，一生郁郁寡欢。这似乎太残忍，但她蒋碧微付出了青春和才貌，背弃了豪门之约，扔下了父母姊妹，陪着他多年沉浮打拼，听起来未必不心酸。

不管如何，这一段从轰烈到惨烈的情事已然成了过往云烟。徐悲鸿早早地离世，留下孤苦伶仃的廖静文和六岁的儿子；而蒋碧微陪伴张道藩二十多年，始终没有得到一个妻子的名分，最后剩她一人独自终老。

你说《廊桥遗梦》的女主角是不是很傻？明明她可以追随男主角而去，但她宁可留下来，守着自己枯燥的婚姻。她不是蒋碧微，没有孤注一掷的勇气，所以只能忍着，而蒋碧微不同，她爱得执拗而惨烈。

如果能花好月圆，这当然是一种幸运，如果不能，我也不甘心和你就此相忘于江湖，一定要你用余生记住我，一定要最后伤你一次，尽管那也伤到了自己。

微疗愈：

同样是被抛弃的命运，朱安一辈子都仰赖鲁迅而活，她把自己困在周家那一方小小的宅院里，困在“周夫人”的名号里执迷不悟，哪怕鲁迅从未给过她半点温情；还有张幼仪，她离了婚，自己创业，自己抚养孩子，好歹拼出了自己的事业，但她至死还坚持自己是徐志摩的原配，还坚持自己是最爱徐志摩的女人。

最可怕的就是被上一段感情束缚手脚，你尚且不能走出来，如何去找他讨那一笔情债？蒋碧微的选择固然不可取，但她决绝地跳出上一段感情，狠心地斩断所有牵挂的那份勇气，却是很多女人需要学习的。

女人，就应该活出自己。如果那个男人不在乎你，你就自己在乎自己，活得有滋有味，过新的生活、遇见新的爱人。当与那个辜负你的男人再次相遇时，你可以自信地走到他面前，云淡风轻地说一句：“你看，你错过了一个多好的姑娘。”

孟小冬：最好不相误，如此便可不相负

——谁不是一边受伤，一边学会成长

在一次飞往北京的航班上，邻座是个二十多岁的姑娘，长眉妙目，温柔婉媚。当然，吸引我的并不是这些，而是她的眼泪，从登机开始，她就一直旁若无人地哭泣着。

也许是事业或感情不顺利吧，我踌躇了一会儿，将纸巾递了过去。她有片刻的怔忪，很快哑声说了谢谢。她的故事有些老套，相爱的恋人在异地打拼，可惜男人敌不过金钱和美色的诱惑，多年感情，一夕崩塌。

“你就打算这么走了？”我微微诧异。我见过太多不甘心的女孩子，有和小三较劲的，有索要分手费的，有死活不肯放手的，像她这样挥剑斩情丝的倒是少有。

“不然能怎么样呢，他就是不爱我了呀！”她说着又哭了起来，语气却仍旧果决，“就算我还爱他也没用了，我不想死缠烂打，大家好聚好散吧。”

我一时竟有点钦佩这个姑娘。的确，有几段感情能够从始至终呢？最初可能花好，最后却等不到月圆，我们能做的就是及

时止损，彼此珍重。缘分尽了，就说声再见，过多的纠缠于事无补，只会更难堪。

爱得轰轰烈烈，分得潇潇洒洒。我想，孟小冬大概是最懂其中深意的人了。

若爱，请深爱

电影《梅兰芳》里有一幕情节，梅兰芳的妻子福芝芳上门挑衅孟小冬，要求她离开自己的丈夫。她煽情地说："梅兰芳是孤独的，谁要是毁了这份孤独，就是毁了梅兰芳。"

孟小冬为她的深明大义所感动，于是斩断情丝，选择离开梅郎，以此成就他。

这一幕或许赚足了电影观众的眼泪，但却误导了很多不谙世事的小姑娘。让她们以为，一出荡气回肠的爱情就该各种纠结与虐心，然后有人适时地退出，而这人往往自以为是深爱和成全。

多么荒唐的牺牲！那些虚无缥缈的伟大字眼，哪抵得过你我这实实在在的人生？你如果爱他，当然要和他携手百年，生死同穴，就算日后柴米油盐地生出龌龊，也好过不能拥有。白玫瑰虽然说来好听，那也只是不如意时的一点念想，陪在他身边日日夜夜，这才是触手可及的幸福。

这种惺惺作态的成全，怎么会发生在孟小冬身上？我啼笑皆非，她可不是这样柔美和婉的女子。情如逝水，她毫不转圜，咬牙切齿地要计较分明白，不惜在报纸头版发表声明，每个字句都咄咄逼人："诸君来断，是冬负梅耶？抑或梅负冬耶？"

这样傲岸的孟小冬就像一株寒梅，傲骨铮铮。

孟小冬留下了不少旧照，低眉顺目，总是一派从容静好。她少年时便是个眉目秀丽的姑娘，有股山水的静态，美而内敛，骨子里却是硬的。

很多人认识孟小冬是因为梅兰芳，其实在遇到他之前，她已经是风靡江南的红角。

孟小冬出身京剧世家，九岁开蒙，十二岁登台，十四岁就声名鹊起。

1925年，孟小冬在北平开唱，一炮而红。袁世凯的女婿、剧评人薛观澜曾经将孟小冬与清末十大以美貌著称的坤伶相比，结论是“无一能及孟小冬”。

这年年底，孟小冬演出《上天台》，与同日演出《霸王别姬》的梅兰芳初次相遇。

那时，最红的旦角是梅兰芳，人称“伶王”；最红的生角就是孟小冬，外号“冬皇”。

金风玉露一相逢，便胜却人间无数。

有好事者极力促成二人合作出演《四郎探母》，乾旦坤生，颠鸾倒凤，一时剧坛轰动，传为佳话。梅兰芳自己大概也很满意演出的效果，此后，他每次唱《四郎探母》，总邀孟小冬合演。

在最好的年纪，遇到最好的人，不是每个人都有这样的造化。也许出于彼此的欣赏，也许出于合作的默契，也许出于艺术的吸引，总之，梅兰芳和孟小冬顺理成章地走到了一起。

二人具体的婚期已无法考证，相恋的细节也是众说纷纭。当时的《北洋画报》是报道梅孟之事最多的媒体，但也都是语焉不详：“小冬听从记者意见，决定嫁，新郎不是阔佬，也不是督军省长之类，而是梅兰芳。”“梅兰芳将娶孟小冬。”

总而言之，留给我们后人参照的就只有短短一句“友人撮合，终成眷属”。

关于二人结婚的机缘，比较可靠的说法是因为1926年的一场堂会。当时，梅兰芳和孟小冬同时出席了北平政要王克敏的寿宴，各方名流汇集，有人提议让梅、孟合演一出《游龙戏凤》。结果，两人的表演博得了满堂喝彩，备受称赞，好事者与双方粉丝因此激动不已，极力撮合二人，要为这一对“舞台情侣”谋划一段现实的婚姻。

听起来，二人的姻缘似乎是众望所归，但这也隐隐为二人日后的仳离埋下了伏笔。爱情是泾渭分明的事，我爱你，或者我不爱你，各自心里有数，怎么会是被旁人左右的事？梅兰芳与孟小冬都没有为爱放下身段，更多的是欲拒还迎的配合、心照不宣的默许，还有几分隔岸观火的犹豫。

始终是不够爱吧，所以梅兰芳并没有堂而皇之地迎娶她，所以这场婚礼草率得连确切日期都没有留下。

多年以后，孟小冬回忆说：“当初的兴之所至，只是一种不太成熟的思想冲动而已。”

情如逝水，该潇洒离开

梅兰芳固然可以算作良人，但他和孟小冬却没有了最佳的相爱时机。

梅兰芳早就有了家室，他的原配王明华也出身戏剧世家，心思灵巧，贤惠能干。大到梅兰芳外出演艺的事务，小到他的戏服与头套、妆容，都由她亲手打理。二人感情和谐，生有一双儿女，可惜一次荨麻疹让子女双双丧命，而王明华为了方便陪同丈夫外出，早就做了绝育手术，她不得不让梅兰芳迎娶了第二个妻子福芝芳。

福芝芳是梅兰芳的同门师妹，秀丽文雅，婚后她就终止了自己的演艺事业，全心全意照顾家庭。两个人十分恩爱，先后育有九个孩子。

看起来幸福美满的梅家似乎没有孟小冬的位置。

孟小冬没有进梅家的大门，她和梅兰芳在东城无量大人胡同里另安了一个家，这就是赫赫有名的“缀玉轩”。

消息传到梅家，福芝芳不置可否，当着丈夫的面，她佯装并不知情。

也许有人奇怪，福芝芳这样装聋作哑是为了什么？如果她真是宽厚隐忍的性子，怎么会有后来对孟小冬的咄咄逼人？

没有女人会不介意，她只是无能为力。一哭二闹三上吊？那是泼妇才会干的事，福芝芳当然不屑。她这样聪明的女人懂得守株待兔，伺机而动。

幸福不是求仁得仁，幸福的人往往都是聋子或哑巴。

缀玉轩惨案发生时，梅兰芳正好在家与朋友聚会。《大陆晚报》的经理张汉举也在场，他惯于应酬，面对歹徒的叫嚣，他自告奋勇地提出与对方交涉谈判，结果却被扣作人质。

梅家一边报警，一边筹钱，对方拿到钱后发现没有退路了，军警已经围住宅子，他情急之下向张汉举开了枪，张无辜丧命。随后，军警枪毙了凶手。

事发之后，舆论一时哗然，各种绯闻扑面而来。当时流行的说法是，凶手王惟琛是孟小冬的铁杆粉丝，他不满梅孟二人的婚姻，于是上门闹事。又因为王惟琛怒斥梅兰芳抢了他的未婚妻（即孟小冬），于是大家又纷纷揣测其中内情，捕风捉影，以为梅兰芳是夺人所爱。

王惟琛的头颅在前门的电线杆上悬挂了整整三天。

事情闹得满城风雨，福芝芳坐不住了，她劝梅兰芳："大爷的命要紧。"

她没有一个字说到孟小冬，话里话外，只是关心自己的丈夫，似乎并不搭理他和旁人双宿双飞的事实。

这多么符合正室夫人的贤惠姿态，不仅世人都称道，梅兰芳也不能免俗地动容了，而孟小冬瞬间就成了带来祸水的红颜。

打蛇打七寸，她算是拿住了孟小冬的要害。

缀玉轩惨案的真相到底如何，外人永远无法得知。但可以确定的是，经此一事，"梅孟之恋"大受影响，梅兰芳一度避居上海。孟小冬很快察觉到了自己的困境，梅兰芳态度疏离，而舆论又都支持福芝芳，她有口难辩。

爱情多半是锦上添花的欢喜，少有雪中送炭。它在天时地利人和的时候，把那个人送到你面前，然后在大难临头时，又让你们各自分飞。

恰好，此时梅兰芳带着福芝芳去天津演出，结婚多年，这还是绝无仅有的第一次，连《北洋画报》都特意刊登了新闻。

孟小冬认为这完全是福芝芳的示威，她一怒之下回了娘家。

女人之间的战役就好比高手过招，虽然不动声色、不见血光，彼此心里却早知胜负。这一局，孟小冬显然已经落了下风。

不管梅兰芳是出于对血案的忌惮，还是对友人的愧疚，或是对孟小冬的责备，他的疏离都情有可原，尽管有些让人寒心。但福芝芳无疑更聪明，她抓住机会，加倍地展示了自己的温柔与体贴，一举打败了孟小冬的强硬。

其实孟小冬何尝不委屈，但她偏偏没有婉柔的性子，如果她好言好语地解释几句，如果她梨花带雨地哭上一场，谁又能忍心苛责她呢？毕竟她也是事情的受害者之一。可孟小冬不是福芝芳，她不愿隐忍。面对这赤裸裸的挑衅，她气急之下与雪艳琴去了天津，她们搭伙唱戏，公然挑衅梅兰芳。

这就像捅了个马蜂窝似的，舆论轰动，各种谣言纷传，大街小巷到处有人议论。要知道，梅兰芳已经是伶界大王了，他的妻子抛头露面、唱戏挣钱，是不合时宜、丢面子的事情。

梅兰芳大概怎么也想不到她会这样针锋相对，他也恼了，二人的关系陷入僵局。幸好当时孟小冬的母亲从中斡旋，好歹让二人重归于好。

不过平静只是表面的，梅孟之间已经生出罅隙。

一波未平一波又起，随着梅兰芳访美，一个新的问题横亘在二人之间：到底谁跟着梅兰芳出国，以“梅夫人”的身份亮相世界？福芝芳和孟小冬都跃跃欲试。

据传，当时梅兰芳筹备赴美演出的礼品中，有一些墨盒之类的小工艺品，墨盒上都刻着孟小冬的古装扮相。

也许梅兰芳心里属意的人选是孟小冬，但最终他还是独自赴美了。有流言说，为了能够跟随梅兰芳出访，当时怀有身孕的福芝芳甚至私下请了医生为她堕胎。

事情虽然以梅兰芳的回避告一段落，但关于名分的问题依然存在。哪个女人会不计较名分呢？除非她不是真的爱你。生同衾，死同穴，你身边的位置只有一个，那些爱你的女人当然趋之若鹜。

刚回国的梅兰芳就收到了大伯母去世的消息。梅兰芳自幼被伯父一家收养，他与伯母感情深厚，情同母子，因此他特意在北平设立灵堂，隆重治丧。

孟小冬也收到了消息，她头插白花，来到梅宅为这位婆母披麻戴孝。福芝芳一反往日的隐忍，态度激烈，坚决不肯让对方进门，她大着肚子，将孟小冬堵在了门外。

梅宅的下人也跟着帮腔，口称“孟小姐”，而不称呼“夫人”。

场面闹得十分难堪，前来吊丧的客人纷纷相劝，无奈福芝芳却始终不松口。

梅兰芳试图劝解：“不看僧面看佛面。小冬已经来了，我看就让她磕个头算了。”

福芝芳厉声说道：“这个门，她就是不能进！否则，我拿两个孩子、肚子里还有一个，和她拼了！”

孟小冬万般无奈，哭着离开了梅宅。

你既无心我便休

真是不能小觑了福芝芳，这个女人一生隐忍沉默，就这一次爆发，堪堪就断了孟小冬嫁入梅宅的路。

梅孟真正分手是在1931年。

当时“捧梅派”与“捧孟派”越斗越烈，在众说纷纭的情况下，梅党魁首冯耿光要求梅兰芳舍弃孟小冬。他的理由很简单：“孟小冬为人心高气傲，她需要人服侍，而福芝芳则随和大方，她可以服侍人，为梅郎一生幸福计算，就不妨舍孟而留福。”

这话听起来似乎有理，细想起来，其实一派胡言。谁说一个人的性格就限制了她对爱人的付出？她孟小冬再心高气傲也是个女人，如果她愿意，她也可以为所爱的人纡尊降贵，她后半生不就耗在了杜月笙病榻前？

孟小冬当然容不得有人背后这样非议她，她拿话质问梅兰芳：“冯六爷不是已经替你做出了最后选择？他的话，对你从来是说一不二，还装什么糊涂？”

或许梅兰芳还试图含糊，但孟小冬不给他这个机会，她赤裸裸地把中间那层窗户纸给撕破了。她伤心，势必还有几分难堪，但她决不打算将就。她宁为玉碎，也不容他揣着明白装糊涂。

太较真的女人总是显得不那么可爱，至少，男人是吃不消这股较真劲的。

“请你放心，我不要你的钱。我今后要么不唱戏，再唱戏不会比你差；今后要么不嫁人，再嫁人也绝不会比你差！”孟小冬去意已定，言语刻薄，丝毫不留余地。

晚年居住香港的孟小冬曾经对人讲，因为梅兰芳不能答应兼祧，所以她抬脚溜了。这话说得轻松，其实她何尝不心酸？她十九岁嫁给他，整整四年不登台，左右陪伴，最后竟换不来一个名分。

离开的时候，她什么也没有，什么也没要，就凭着一股子傲气，骄傲地走了。此后数年，她都坚决避免与梅兰芳相见。

昔日的剧坛佳偶就此反目，再也没见过面。

孟小冬的故事并没有就此结束，六年后，她嫁给了长她二十岁的杜月笙。

她和杜月笙的缘分开始于1925年，惊鸿一瞥。杜月笙始终对她念念不忘，多年关怀。梅孟仳离之后，他怜惜孟小冬艰辛，借着妻子姚玉兰的名义接近她。

孟小冬与姚玉兰本是密友，在她的撮合和支持下，孟小冬最终以身相许，跟着杜家一起迁居香港。

微疗愈：

情到深处情转薄，君既无心我便休。

变质的爱情好比一盒坏掉的巧克力，就算曾经再美味，你也只能舍弃。那个男人已经不爱你了，你还死乞白赖地缠着做什么？这就像你勉强自己吃那些坏掉的巧克力，你不会收获想象的美味，而是伤了自己的肠胃，坏了自己的心情。

死缠烂打太难看，哭闹打滚也无用，每个女人都该学点咬牙切齿的狠劲。告别错的人，带着伤口往前也无妨，他给不了你的，总有别的人能给。

冰心：一生一世一双人

——女人不坏，男人更爱

我应公司的安排去法国出差，刚入住旅店，便得知国内的一对明星恋人也来了法国拍婚纱照，朋友圈里关于两个人的婚礼传得热热闹闹。

同行的女孩幽怨地感慨："这才叫爱情嘛，郎才女貌，举世瞩目。对比一看，我们这都是凑合着过日子啊！"

我乐了："谁说爱情就一定得是这个样子，低调平淡，或许还更长久些。"

"你说的也有道理，"她撇了撇嘴，"不过轰轰烈烈、热热闹闹的爱情总是更容易吸引人。"

的确如此。爱情有千万种面目，最目眩神迷的是一见钟情，最扣人心弦的是生死追随，最肝肠寸断的是情深缘浅，最不起眼的则是相濡以沫。

但就是这最不起眼的，却总是最稳定最长久的，例如冰心和吴文藻。

单纯的女孩最可爱

民国文坛上曾有一段公案，大意是说张爱玲和苏青都看不上冰心。张爱玲的原话是这样的："把我同冰心、白薇她们来比较，我实在不能引以为荣，只有和苏青相提并论是我甘心情愿的。"苏青则说："从前看冰心的诗和文章，觉得很美丽，后来看到她的照片，原来非常难看，又想到她在作品中常卖弄她的女性美，就没有兴趣再读她的文章了。"

张爱玲不喜冰心是因为她的文字，苏青看不上冰心则是由于她的容貌。这样看来，女人对于女人反而更残酷，不说行动上的攻击力，单论唇舌，刻薄起来简直可怕。

我想，同期的大多数女作家是不喜欢冰心的。她不能说没有才情，但那才情都是桃花源，没根没底的，分明是没经过风浪的架势，却稀里糊涂地博了那么隆盛的名声。这当然令人嫉妒，而嫉妒足以毁坏女人间的友谊。

人如其文，这是我能想到的对冰心最恰如其分的评价。她这一生，都是活在爱与美之中的小姑娘。没有哪个女作家像冰心这样，永远带着少女的气息，这大概和她的成长经历有关。

冰心出生在一个和睦的家庭，母亲慈爱，父亲是海军将领，思想开明，这培养了她温厚敦和的天性。因为父亲工作的关系，她又常常与海打交道，那片温柔宽广的蓝色也对她的性格有一定影响。

冰心始终坚信，有了爱就有了一切。

这样的冰心就像一个不肯长大的孩子，活在自己的世界里，心思玲珑。

有一则关于冰心和林徽因的逸事，颇有趣味。她们俩同为福建人，又都是名噪一时的女作家，难免被大家拿来比较。林徽因号称民国第一人，才情自然不俗，而且她容貌秀美，在同辈女作家中出类拔萃，是冰心比不上的，况且她嫁的又是梁启超的长子，背后还有无数蓝颜知己撑着，风头一时无两。

在当时，林徽因组建的“太太客厅”影响颇大，胡适、金岳霖、徐志摩等名流常常来往，大家以林徽因为中心，谈论文学。

冰心不去参加这样的聚会，也看不惯林徽因左右逢源的样子，赌气似的写了一篇《太太客厅》影射对方，话里话外都在讽刺林徽因的长袖善舞。金岳霖看后，说道：“像是责备30年代的少奶奶们不知亡国恨。”

林徽因也读了文章，恰好她刚从山西回来，于是把一坛子陈醋送给了冰心。

冰心忙不迭地解释，她是在批判陆小曼。

陆小曼流连十里洋场，虽然裙下之臣众多，倒也没有将他们聚起来谈天说地的习惯。冰心这个解释是有点牵强了。

再看到这桩旧事，大家忍不住会心一笑。女人之间的较量真是无所不在，也真是执拗到可爱，再有内涵的女人也不能免俗。

因为这，我倒更觉得冰心可爱。这就像一个生气的孩子，恼怒父母多给了弟妹糖果，心里酸溜溜的，嘴上还不肯承认，故意指控糖果不好吃。等大人都注意她了，她又不好意思了，别别扭扭地说自己是闹着玩。

越简单，越幸福

说起来也是机缘巧合，1923年，冰心乘坐“约克逊”号前往美国留学，林徽因和梁思成恰好也在这一批留学人员中。不过，由于梁思成患病，他和林徽因没有登上邮轮。

这是冰心第一次出远门，她的好友特意嘱咐同在船上的弟弟吴卓照顾她。吴卓是清华大学的留美学生，燕京大学的冰心之前并没有见过他，因此，她托了自己的同学许地山去找对方。

许地山误将另外一个男学生带到了冰心面前，这人就是吴文藻。

有句古话说，“有缘千里来相会，无缘对面不相逢。”你不得不承认，缘分真是奇妙的事情，你遇见谁都是不由自主的，冥冥中似有天意。

如果不是好友的热情托付，冰心就不会去找那个未曾谋面的吴卓；如果不是许地山的阴差阳错，冰心就不会遇见吴文藻。

年轻人不打不相识，冰心和吴文藻、许地山聊了起来。三人在甲板上欣赏海景，温柔的蓝色向着天空蔓延，海鸥扑打着翅膀，从云层下飞过。

吴文藻热情洋溢，为人真诚。虽然冰心当时已经名声斐然，他的谈话却很直白犀利，一点儿也没有谄媚的意味。

冰心攻读的专业是文学，聊天时，吴文藻随口列举了几位英美评论家的著作，询问她是否读过。

冰心回答没有。

吴文藻的回答毫不客气：“如果你不趁在国外的时间多读一点课外书，那么这次到美国就是白来了。”

冰心非但没有生气，反而觉得这个青年颇为率真。

一段感情的开始都是猝不及防的，可能因为一个眼神、一个微笑、一句打动人心的话，或者仅仅是一刹那的照面。

到达美国之后，有不少朋友和同学写信来问候冰心，她一律寄了风景明信片回复，独独给吴文藻回了一封亲笔信。

从那之后，冰心和吴文藻开始通信。

吴文藻的信写得很认真。他酷爱读书，每逢读到好书，总是不厌其烦地寄给冰心，还用心给她批注，提醒她留意。冰心收到书之后，会赶紧阅读，然后和吴文藻交换读书心得。

冰心的老师诧异于她广泛的阅读量，课外谈话时，询问是谁给她指点。冰心告诉她，是一位中国朋友。

她称赞道："你的这位朋友是个很好的学者。"

她听了，心里既得意又开心。

此后，冰心总是托吴文藻买书。

钱锺书先生曾经有一个很妙的说法，假如一个女士想要和一个男士有更多的往来，那么她可以找个机会向他借书。有借就有还，这一来一回，足够发生很多故事了。

这买书和借书显然是大同小异。

不久后，冰心因为肺病复发，不得不休学，住进了沙穰疗养院休养。病痛让她更加苦闷和寂寞。吴文藻并不知道她生了病。这年圣诞，他到波士顿看望朋友，从朋友口中得知她在休养，于是，他约了人一起去沙穰探病。

冰心喜出望外。

少女的情思就是三月的花苞，遇到了心仪的人，就像不早不晚地赶上了一阵风。风一吹，花就开了。

冰心：一生一世一双人

1925年春天，冰心和闻一多、梁实秋等人为美国人演出《琵琶记》，她特意给吴文藻寄了一张入场券，邀请他前来观看。

吴文藻说功课忙，实在走不开，回信道了歉。

但是冰心后来回忆道："剧后的第二天，到我的休息处，来看我的几个男同学之中就有他。"

也许当时吴文藻真的忙得抽不开时间，又也许是他察觉了冰心的情意，自觉配不上，起了退缩之意。但无论如何，最终他还是飞到波士顿看她表演。这对冰心而言，是一种甜蜜的胜利。

到了这年的夏天，冰心和吴文藻一起到康奈尔大学学习外语。

这个暑期学校没有其他中国学生，冰心和吴文藻这对书信交流的密友开始朝夕相处，课后一同游山玩水。

美丽的校园里处处留下了他们的身影：静谧的树林、晨曦中的小桥、安静肃穆的建筑楼、爬满绿色藤蔓的长廊……

他们热忱地交流，两颗心越走越近。

吴文藻给冰心送了一大盒很讲究的信纸，上面印着她姓名英文字母的缩写。他几乎是天天写信给她，星期日就写快递，因为美国邮局星期天是不送平信的。

那时候，冰心宿舍里的舍监和同学们都知道她有个特别要好的男朋友了。

此时的吴文藻其实颇为矛盾。冰心家境富足，她自身在文坛上也已经成名；而他出身贫寒，只是一个还没走出学校的穷学生，两个人差距有些大，理智让他选择将感情埋在心底。

可是，在日复一日的相处中，爱情渐渐占了上风。

吴文藻约了冰心游湖。当小船滑到湖中心，四周水波荡漾，清风徐来，树的阴影一层层地在水面晃动。

吴文藻表白了他想与冰心结为百年之好的意愿。

出于矜持，冰心没有立刻答应他，其实她心里早就默许了。

第二天，冰心告诉吴文藻，她本人没有意见，但最终的决定权取决于她的父母。事实上，谢家相当开明，只要冰心自己愿意，谢家父母是不会反对的。

女孩的小心思就是这么磨人，或许她只是想再试探一下这个年轻人。

吴文藻郑重其事地写了一封很长的信，还附了一张相片，让冰心带回国给她的父母。

回到家，冰心还不好意思拿出那封信，她踌躇了很久，终于在一天夜里，悄悄地把信件放在父亲床前的小桌上。

第二天，父母亲都没有提到这件事，冰心也不好意思问，只能在心里偷偷着急，面上却还装作若无其事。

这年春节，吴文藻回国没多久，立刻就上门拜访了冰心的父母。二老高兴地接待了他，并爽快同意了两个人的婚事。

美满的婚姻也是一种成就

1929年，冰心和吴文藻在未名湖畔举行了简单的婚礼，自此，他们正式开始了六十多年的相依相伴。

从女人的角度看，冰心无疑要比林徽因幸福许多，她一生患难不多，从容静好，虽然不如林徽因奔波流离来得精彩，但安安稳稳也实属难得。

冰心：一生一世一双人

和最初的、也是最后的爱人相守，这也是福气。

六十年来，冰心和吴文藻的婚姻十分美满。

冰心留美时，曾经给父母寄过两张照片。母亲去世之后，吴文藻拿回了其中一张照片，摆在自己的书桌上。

冰心笑着问："你真的是每天看一眼呢，还是只当一种摆设？"

吴文藻一本正经地回答："当然是每天要看。"

有一次，趁着吴文藻去上课了，冰心将影星阮玲玉的照片换进相框里。过了好几天，吴文藻都没有察觉。冰心忍俊不禁地提醒他看相框，吴文藻尴尬极了，笑着将照片换了回来。

这样有趣的小故事很多。

一次，吴文藻带着冰心和孩子去点心铺，孩子正在牙牙学语，把萨其马说成"马"。吴文藻也对着店老板说："我们买马。"

还有一次，冰心让吴文藻买一件双丝葛的夹袍送给父亲，到了店铺，吴文藻却记成了羽毛纱。幸亏店老板和谢家熟，打电话给冰心的父亲："您要买一丈多的羽毛纱做什么？"

谢家人哈哈大笑，冰心只好说："他真是个傻姑爷。"冰心的父亲笑道："这傻姑爷可不是我给你挑的。"

冰心哑口无言，心里却是又好气又好笑。有次清华大学的校长梅贻琦上门做客，冰心还把这些故事写成了一首"宝塔诗"，借此打趣清华大学。

马

香丁

羽毛纱

样样都差

傻姑爷到家

说起来真是笑话

教育原来在清华

梅贻琦校长哈哈大笑，提笔在后面又加了两句：

冰心女士眼力不佳

书呆子怎配得交际花

这绝佳的后续让冰心拍案叫绝，笑称自己“作法自毙”。

爱情里那些小小的不如意都带着甜蜜，这哪里是抱怨？分明是花式秀恩爱，让人羡慕嫉妒恨。

吴文藻有一次得了很重的肺炎，高烧持续了整整十三天，大夫说肺炎得有个一星期左右的观察期，熬过了那段时间，才知道凶吉。

有天早上，护士给吴文藻测了脉搏，慌里慌张地跑去告诉冰心：“他的脉搏只有三十六下了！”

冰心的脑袋一下子就蒙了，她连忙跑去找医生。等她跑回病房，吴文藻的病床前站满了大夫和护士，他身上的棉被也被掀开了。

“我想他一定完了！”冰心说道。她竟然没有掉眼泪，不知怎么看到桌上放着两碗刚送来的热粥，她端起碗来，一口气都喝了。

她后来笑着回忆：“我觉得这以后我要办的事多得很，没有一点力气是不行的。”

谁知道，她放下碗，一回头就看到吴文藻翻了一个身。

冰心长长地吁了一口气，迸出一身冷汗。大夫们也欢天喜地，帮吴文藻又把棉被盖上，说：“这个观察期终于过去了！好了，您不用难过了。”

冰心一面擦着脸上的汗，一面说：“您辛苦了，他就是这么一个人，什么都慢！”

就这样一个什么都慢的人和一个玲珑剔透的人，风雨同行，携手走过了半个多世纪。死后，两个人的骨灰合葬，应了他们“死同穴”的遗愿。在骨灰盒上，并行写着：“江阴吴文藻，长乐谢婉莹。”

微疗愈：

一片冰心在玉壶，她信奉美和爱的哲学。

她的一生都无风无浪，就像隐匿于桥拱之下的莲，幽幽地香，不经风雨。那些所谓的苦难和丑恶，她没有过切肤之痛的感受。

可能有人觉得这样的一生都太乏味，生活平淡，爱情平淡，连着那一生的故事，都如此平淡。但是，我们又何必执着于此生就一定要轰轰烈烈呢？

如果可以，让我们岁月静好，现世安稳，择一城终老，遇一人白首。就如同冰心之与吴文藻。

吕碧城：一人相处，不曾孤独

——女人就是要既能貌美如花，又能挣钱养家

年过二十八岁以后，我年年被催婚，身边年龄相仿的女友也无一幸免。

不知道从什么时候开始，一个女人的最高成就变成了嫁人生子，不结婚，成了一项大罪。就像张爱玲说的，一个女人倘若得不到男人的爱慕，那就得不到同性的尊敬。“剩女”一下子就成了“失败者”的代名词。

真是讽刺，也真是无奈。

于是，我身边的大部分姑娘，都在亲朋好友的狂轰滥炸中，匆匆找个差不多的人就把自己嫁了。但也有小部分姑娘还是坚持了下来，一门心思要等到对的那个人。

我并不想一味宣扬单身的好处，但单身无罪，“大龄单身”也并不能等同“被剩下”。我身边高龄优质剩女还真不少，她们热爱工作，爱惜自己，笑得自在，活得精彩。这样的日子，有没有男人其实都没差。

女儿当自强

如果民国时有“剩女”一说，那吕碧城堪称元老级别的剩女。她是剩女，但她足够优秀。

吕碧城容色出众，风致娟然，一向以刻薄著称的苏雪林都称赞她“美艳有如仙子”；连严复也毫不吝啬赞美之词：“（吕碧城）高雅率真，明达可爱。”从流传的照片看，她喜好奇装异服，常常穿欧式的长裙，头戴翠羽，胸绣孔雀翎，一派妩媚风情。

她也是个才女，自小慧秀多才。吕碧城不仅在诗词创作上很有造诣，而且对绘画和音乐也非常精通，还擅长刻印，被称为“近三百年来最后一位女词人”。

才貌双全，这个词用来形容吕碧城再合适不过了。

中国新闻史上第一位女编辑、近代第一位女性撰稿人、袁世凯的总统府秘书，这些头衔均属于她。当时人人都知道她的芳名，口口相传，“绛帷独拥人争羡，到处咸推吕碧城”。

就是这样一个人中龙凤，却做了民国头号剩女，终身未嫁。

是因为她条件差吗？是因为她无人问津吗？是因为她不懂爱吗？

都不是，她吕碧城只是所欲随心。谁说女人就一定要有爱情呢？她一生潇洒自如，丝毫不比任何人逊色。

如果论出身，吕碧城也算是大家闺秀，她父亲吕凤岐曾做过山西学政。吕碧城自小就精通诗词书画，据说，在她十二岁时就写出了让人拍案叫绝的诗词：“绿蚁浮春，玉龙回雪，谁识隐娘微旨？夜雨谈兵，春风说剑，冲天美人虹起。把无限时恨，都消樽里。君未知？是天生粉荆脂聂，试凌波微步寒生易水。浸把木兰花，谈认作等闲红紫。辽海功名，恨不到青闺儿女，剩一腔毫兴，写入丹青闲寄。”

这似乎是吕碧城一生的诗谶，年纪虽小，风骨已露。

传奇的女子，往往在幼年时就显露出了她们的不同之处。比如薛涛八岁时就会吟咏“枝迎南北鸟，叶送往来风”，李善兰六岁就写下了“经时未架却，心绪乱纵横”。

而十二岁的吕碧城则做了一件轰动世俗的大事。

这年，她的父亲去世，母亲从京城回乡处理祖产。族人为了霸占她们的家产，竟然请了匪徒，将吕碧城的母亲劫持了。

在那个年代，孤儿寡母本就容易受欺辱，母亲家族的亲戚为了名誉，也不愿声张。

吕碧城年纪还小，却比那些大人更有胆魄。她得知母亲被软禁的消息之后，非但没有隐忍，反而四处奔走，给父亲生前的朋友、学生写信，请求救援。

最后母亲被救回，祖产也得到圆满解决，人人都对这个少女刮目相看。

出人意料的是，当时和吕碧城定了亲的汪家却遣人上门，要求退婚。他们的理由很简单，吕碧城年纪轻轻就胆大妄为、性格强硬，将来进了门肯定不好拿捏。

中国传统式的儿媳等同于寡言和逆来顺受。你可以坚强，但不需要勇敢；你可以忍辱，但不需要抗争。

吕碧城的母亲碍于情面，也不愿再生事端，答应了对方的无理要求。

在当时，女子被退婚是奇耻大辱，即便是自诩为新女性的吕碧城，想必也是怀了莫大的委屈和愤恨。

不过，这委屈也是一时的。一个如此短见的男人，怎么配得上她吕碧城？

男人不过是一种消遣的东西

吕碧城的母亲带着四个尚未成人的女儿投奔娘家，舅父严凤笙收纳了她们，吕碧城是在他的照拂下长大的。

严凤笙是个守旧的人，吕碧城想要去天津探访女学，遭到了他的严词骂阻，他劝导她要“恪守妇道”。年方二十的吕碧城再次展露她的过人胆识，她逃出家门，一个人跑到了天津。

每次读到这段往事，我总会想起唐传奇中的红拂女夜奔。

相同的是两个人那份一往直前的果决和眼光；不同的是，红拂女是投奔她的爱情，将身托付。而吕碧城甚至更决绝，她身无分文、举目无亲，有的只是一腔热血。

所幸天无绝人之路，当时，严凤笙有个秘书的夫人住在《大公报》报馆里，于是吕碧城向她写了一封求援信。

这封信兜兜转转到了《大公报》总经理英敛之手上，他对吕小姐的文才与胆识大为激赏，当下邀请她到《大公报》担任见习编辑。

英敛之出身正红旗下，是一个积极倡导创新的热血青年，思想开明。在他的鼓励下，吕碧城在《大公报》上发表了大量诗词及政论文章，她出色的文笔在京津文化圈中迅速走红。

吕碧城的倩影开始频频出现在各种宴会上，她容貌出众，又风趣开朗，人们对这个有思想的美女加才女不禁刮目相看。当时各界名流都纷纷追捧吕碧城，比如著名诗人樊增祥、易实甫，袁世凯之子袁寒云、李鸿章之子李经羲等，无一不是青年才俊。

据说英敛之也十分爱慕吕碧城，甚至一度引起英夫人的误会。

英敛之曾在日记中给吕碧城写过一阕词：“稽首慈云，洗心法水，乞发慈悲一声。秋水伊人，春风香草，悱恻风情惯写，但无限悃款意，总托诗篇泻。”

如今读起来也是情意绵绵，只是可惜襄王有梦，神女无心。

吕碧城很快做了《大公报》的主笔。借助这一方舆论阵地，她积极鼓吹女性自由，成为当时妇女思想解放的先行者。

英敛之将她介绍给当时的大儒严复。他称赞道：“碧城能辟新理想，思破归锢蔽，欲拯二万万女同胞，复其完全独立自由人格。”

严复对吕碧城十分赏识，收了她做女弟子，教授她逻辑学。他们师生关系十分融洽，常常互相诗文唱和。

当袁世凯要筹办女子学校时，严复极力推荐吕碧城，说她是兴办女学的最佳人选。于是，在吕碧城二十三岁时，开始负责北洋女子师范学堂的所有事务，成了全国绝无仅有的女校长。

有多少女子抱怨命运，抱怨她们没有良好的出身，抱怨她们夭折的爱情，抱怨她们过早逝去的容颜。她们将自己一生的荣华与悲欢都寄托在一个男人身上，到头来，那个男人的反复就成了命运的无常。

吕碧城不同，她不依赖男人。

不，她岂止是不依赖，她简直是活出了境界，将男人视为玩物。她说："生平可称心的男人不多，梁启超早有家室，汪精卫太年轻，汪荣宝人不错，也已结婚，张謇曾给我介绍过诸宗元，但年届不惑，须眉皆白，也太不般配。"

这真是她才有的姿态，天下男人好像都匍匐在她脚底下，她删减挑选，就像在市场买一棵大白菜似的。

没有匹配的良人，她选择了单身。骄傲的孤独总好过将就的委屈，就像网上流传的那个段子：当一个女人回到家，发现房子是她买的，家具是她买的，床是她买的，连墙上的一颗螺丝钉都是属于她的，那个男人存在的意义又是什么呢？

活出一个人的精彩

袁世凯称帝之后，吕碧城不满他的独裁统治，辞去了秘书一职，带着母亲去上海经商。

她是做一行精一行，居然就成了富甲一方的女商人。

有了钱，她开始满世界游历。她的灵魂本来就一直在路上。

吕碧城只身去了美国就读哥伦比亚大学，攻读文学与美术。她这时兼任着上海《时报》的特约记者，利用职务之便将国外所见所闻都写成游记，在报上发表，让国人大开眼界。

四年后，她学成归国，没多久又漫游欧美，在外漂泊了七年之久。

世间无人能懂她的繁华与落寞，她每到一个地方，都是故事。吕碧城将自己的半生经历写成《欧美漫游录》（又名《鸿雪因缘》），先后在北京《顺天时报》和上海《半月》杂志上连载，反响热烈。

没有男人，没有婚姻，她将自己的生活打理得很好。

每每有人问及婚姻大事，吕碧城回答道："我的目的不在钱多少和门第如何，而在于文学上的地位，因此难得合适的伴侣，东不成、西不就，有失机缘。幸而手头略有积蓄，不愁衣食，只有以文学自娱了。"

真是聪明人之语。

女人要活到这个分上，才算是玲珑剔透。

爱，并不牢靠；婚姻，也不见得牢靠；只有手头的钱财是真真切切的衣食父母，是保你一生无忧的后盾。

不是不存在举案齐眉的美好姻缘，但这都是机缘，如果遇不到，强求不得。

她曾经和袁世凯的公子袁克文有过朦胧的恋情，最后无疾而终。袁克文家世显赫，模样俊俏，又有才名，这样的人物竟然也不入吕碧城的法眼？

她是这样解释的："袁属公子哥儿，只许在欢场中偎红倚翠耳。"

不是齐大非偶，是她吕碧城火眼金睛，一眼看穿锦绣背后的真相。

她身边虽无良偶，但知交却不少，人称"鉴湖女侠"的秋瑾便是吕碧城的密友。

秋瑾也曾经用"碧城"作号，当时人们传为佳话，称为"南北两碧城"。吕碧城在天津成名之后，诗文署名"碧城"，秋瑾慕名前往《大公报》报馆拜访这位"北碧城"，二人相谈甚欢。

这次会面之后，秋瑾"慨然取消其号"，她认为只有吕碧城才配得上“碧城”这个名号。

一个女人，能够在才名上让另一个女人折服，这才是真正的厉害。美貌虽然难得，多半是父母给的，输的那个人大概也不肯真心认输，而才华则是实打实值得骄矜的资本。

吕碧城有豪情千丈的一面，也有性情偏执的一面，后者也让她给世人留下一个“怪脾气”的印象。

《万象》杂志的创始人平襟亚就和吕碧城闹过不和。

吕碧城曾经养了一条爱犬，被人撞了，她二话不说告了那人，为爱犬讨回公道。平襟亚大概见不惯她张扬的姿态，以她为原型，写了一篇《李红郊与犬》，登在报纸上。

吕碧城勃然大怒，她把平襟亚告上了租界法庭。平襟亚自知理亏，连忙躲到了苏州，避而不见。她并不罢休，打算在上海报馆刊登通缉令，虽然后来被友人劝住了，但也让平襟亚吓得够呛。

她甚至还嫌不解气，又下一道江湖追杀令：“如得其人，当以所藏慈禧太后亲笔所绘花卉立幅以酬。”

吕碧城后来甚至和英敛之也闹翻了。

说到底只是小事，仅仅因为《大公报》上登有“女教习妖艳招摇”的新闻，吕碧城疑心是在讥讽自己，于是在《津报》上刊登了一篇驳斥的文章。此外，她还特意给英敛之写了一封信，洋洋洒洒几千字。

英敛之也回了一封几千字的长信，信的内容大概让吕碧城很不满意，她扬言要与英敛之绝交。她说到做到，之后再也没有登过《大公报》报馆的门。

严复批评她：“心高气傲，举所见男女，无一当其意者。”

他算是说得中肯。

吕碧城少年得志，才名显赫，心气自然比一般人要高。况且，她自顾自过得好，更不需要看任何人的眼色。

她的飞扬跋扈，也是一种有底气的骄傲。

吕碧城晚年信佛，性格也没有变得平和，依旧我行我素。她死后遗嘱写明不留尸骨，火化成灰后，将骨灰和面为丸，投在南中国海。

到死她都是特立独行。

微疗愈：

女人该怎么把自己打造成精品?

也许男人会说，我们喜欢有思想的女人。于是，你巴巴地把自己变成下一个严歌苓，回过头，他又该嫌弃你文艺病了。

也许男人会说，我们喜欢有容貌的女人。于是你每天对镜贴花黄，当窗理红妆，没多久，他又该嫌弃你胸大无脑了。

哪有完美的女人呢?又要美貌，又要财富，又要体贴，又要才情，这些全具备了，没准他又指控你没法沟通呢。让这些人云亦云都见鬼去吧。

说到底，女人只有做自己，男人才会高看你。

潘玉良：一场华丽的人生逆袭

——将来的你，一定会感谢现在不放弃的自己

闺密在美国的校友回国完婚，她参加完婚礼回来，忍不住跟我感慨："人跟人真是不一样。她虽也算得上优秀，但毕竟只是普通人家的女孩，没想到能嫁入这样的豪门。"

新娘h我曾见过一面，单看五官，并不出众。但也算白净纤瘦，且修炼得气场强大。交谈过后，更觉得她不简单，是一个心有猛虎的聪明女人。

据闺密说，h的家境并不好，兄弟姐妹多，她自己靠着助学贷款读完了大学，工作两年，揣着存款飞去美国读研，在那里认识了新郎m。

"你说我跟她的条件也算相当，为什么就没有如此的好运呢？"闺密连连唏嘘。

我笑了笑："那是因为你没有一颗像她那么强烈渴望逆袭的心。"

当年，闺密和h同时认识m，之后h主动出击，几番周折，终于俘获m的心。

这是个目标明确的女人，步步为营，她一直努力改写自己的人生，成功的婚姻将会为她打开另一扇通往新世界的大门。

这样的女人现实世界并不算少，潘玉良算得上是个中翘楚。

相逢即是有缘

潘玉良的一生，绝对是一个凤凰女逆袭的成功典型。

首先，和所有偶像剧的女主角一样，她有一个悲惨的童年。潘玉良出生在风景如画的扬州，也许是天妒红颜，她不到一岁时，父亲就因病过世，家中一下子失去了顶梁柱；她两岁左右，姐姐不幸病死；到了八岁，潘玉良的母亲也撒手人寰，只剩下孤苦伶仃的她。

舅舅收养了这个孤女。

这个凄惨的故事，我们并不陌生，很多明清话本都用这个开头。林妹妹不也是父母俱亡，千里迢迢地去投奔舅舅吗？

可惜潘玉良没有这样的好运，她这段寄人篱下的生活比林黛玉远远不如。

她早早懂事，包揽各种累活重活，习惯各种白眼冷嘲。这种身体和精神的伤害，她都能忍，真正的磨难却在后面。

除了身世，潘玉良的容貌也符合小说女主角的设定。她慢慢长大，窈窕的少女就像枝头豆蔻，含苞待放，风采呼之欲出。

一无所有的女孩，却有着令人垂涎的美貌，这就像一个捧着金碗的乞丐，大摇大摆地走上街头，人人都想夺为己有。

眼看着她眉眼和身段一点点长开，舅舅就像发现了一个商机，丝毫不顾念亲情，将她哄着卖给了妓院。

十四岁，在芜湖县城那家叫怡春院的地方，潘玉良开始了雏妓生涯。

现在留存的潘玉良照片，尤其是她的自画像，给人的第一眼印象大多是丑。她不打扮自己，方脸厚唇，眉毛画得细长又高挑，带着几分凌厉，颧骨高高地凸出来。

应该有很多人嘀咕：潘玉良长得不怎么好看，竟然还会被卖作雏妓？竟然还会被潘赞化一眼看中？

其实，在潘玉良幼年时的照片上，依稀还是可以看出她的清丽。她后来不爱打扮，甚至刻意弱化自己的美貌，分明是对怡春园那一段旧事心存芥蒂。

在怡春院四年，因为拒绝接客，潘玉良逃跑了十次。逃跑哪有这么容易？被抓回来，总是一顿暴打。

知道逃不了，潘玉良改变了主意，一次次地上吊，并不惜毁掉自己的容貌。没有女人不爱惜自己的容色，潘玉良肯做到这个地步，足以看出她心性刚烈。

她这前半生的遭遇俨然是红颜薄命的范本，无亲无依，陷落风尘，她的一生似乎已经完了，只能这样了。

但在每段传奇故事里，总会有一个挺身而出的男主角，潘玉良也毫不意外地遇到了。

潘赞化的出现让这个苦命女子的人生有了转折，他就像一个踏着五彩祥云的英雄，将潘玉良从泥潭中拯救出来。

潘赞化是来芜湖上任的海关监督，在他的接风宴上，当地官员为了讨好他，特意招来了一群姿容清秀的歌伎。

潘玉良在妓院长到十七岁，渐渐地有了声名，她也出席了这场宴会。

“不是爱风尘，似被前缘误。花落花开自有时，总赖东君主。去也终须去，住也如何住！若得山花插满头，莫问奴归处。”她抱着琵琶，婉转地唱了一支严蕊的《卜算子》。

潘赞化的目光悄然落到了她的身上。

当天晚上，潘玉良就被人送到了潘赞化的家里。

“我睡了，叫她回去！”潘赞化想了想，又嘱咐家仆，“你告诉她，明天上午如有空，请她陪我看芜湖风景。”

她原本是有心人投下的鱼饵，目的就是诱惑他；他明明知道，还是选择帮她。

潘赞化是难得的君子，即使潘玉良出身不好，他也丝毫没有轻看。甚至，为了不委屈她，他公然给潘玉良赎了身，堂堂正正娶作二房。

他们的证婚人是陈独秀。

对潘玉良而言，这就是一场新生。她感激他，特意将自己的姓名“张玉良”改成了“潘玉良”。

潘赞化问她：“你怎么把姓改了？我是尊重女权和民主的，还是姓张吧。”

潘玉良笑着回应：“我应该姓潘，没有你就没有我。”

大部分人的爱情总是带着激情，因而也带着动荡，荷尔蒙维系着一切，他们大概不能理解这种掺和了感激、报恩和相依为命的复杂情愫。

潘赞化体贴多情，他对潘玉良呵护备至，给了她前所未有的安宁生活。更难得的是，他还鼓励她学习，不希望她做个空虚苦闷的家庭妇女。

一个成熟男人的爱总是深沉而伟大的，他像苍茫夜空中的北斗七星，又像是无边海航上的明灯，将她带领到更广阔的天地。

什么是好的爱情？它会让你遇见更好的自己

婚后，潘赞化没有让潘玉良围着锅碗瓢盆打转，他亲自教导玉良读书写字。

当时，潘玉良住在潘赞化为她买的上海新居里，隔壁的邻居洪野先生是位画家。潘玉良偶尔撞见他作画，产生了浓厚的兴趣，于是偷偷地躲在窗子外学艺。

天赋是难得的，不是每个人都有的，洪野先生发现了潘玉良对绘画的兴趣和天分。他给潘赞化写信："我高兴地向您宣布，我已正式收阁下的夫人作我的学生，免费教授美术……她在美术的感觉上已显示出惊人的敏锐和少有的接受能力。"

潘玉良心里高兴，但又有些犹豫，画画读书作为一种时髦的消遣，那都是富家千金的事，她一个小妾，做这些事是"不务正业"，别人只会骂她不守本分。

但潘赞化这个好男人却完全没有考虑这些可畏人言，他非常看重潘玉良的才华，不愿意埋没了这颗明珠。

在花费人力物力让潘玉良学画的同时，潘赞化甚至鼓励她报考上海美术专科学校。

考试结果出来，潘玉良榜上无名。

校方给出的回应是："取了她这种出身的学生，岂不是给卫道士们找到了借口吗？"

他们顾及她妓女的身份，无视她出众的绘画天赋。

洪野先生大怒，跑到学校去质问。经过交涉，校长刘海粟被打动了，他亲自在录取名单上加上了“潘玉良”。

这一份特殊的录取名单在当时引起了不小的轰动，这似乎也预示了潘玉良成名之路的坎坷和争议。

当时政府禁止学校用模特教学，为了更好地揣摩人体写生，潘玉良揣着画板躲到公共浴室里，偷偷观察那些洗浴的裸体。有一次，她被人发现了，追着厮打，幸好有人帮着劝解：“她是上海美专的学生。”

这条路行不通，潘玉良索性对着镜子画自己的裸体。

潘玉良第一次在大众视野里崭露头角，应该得益于她那幅作为毕业作品的自画像。

画布上的她是全裸的，肢体健美，线条匀称。

社会舆论一时哗然，大家褒贬不一，有人觉得她伤风败俗，有人觉得她艺高人胆大。不管怎么样，潘玉良成了舆论的焦点，成了离经叛道的异类。

上海美专的女同学甚至要求退学，她们扬言：“誓不与妓女同校！”

潘玉良的内心也有过摇摆。她毕竟是结了婚的人，这样大刺刺地展示自己的裸体，对丈夫也是一种不尊重。

换作别人，也许会勃然大怒，会禁止潘玉良的言行，会断了她的学画生涯。但潘赞化毕竟不同，他虽然理解不了这种人体艺术，却能理解潘玉良学习的热情。

他对潘玉良说：“你有你的道理，你追求的是有意义的事业，我听你的！”

丈夫的理解让潘玉良苦闷的心情得到一丝宽慰，也让她的求学之心更加坚定。

流言蜚语中，校长刘海粟建议她去法国学习西画。

潘玉良心动了，她去征求潘赞化的意见。潘赞化经过一番考虑，顺从了她的意愿，将她送上了去巴黎的加拿大皇后号邮轮。

不得不佩服潘赞化的心胸，作为丈夫，不是每个男人都能容忍妻子与自己长期分离，容忍妻子比自己出色。此时的潘玉良如鱼得水，如虎添翼，他明知她要去更广阔的天地遨游，他还是选择了支持。他之于潘玉良，更像是伯乐之于千里马。

正是这份知遇之恩，才让潘玉良恋恋不忘，守着怀念与感恩，独自走过了寂寞的后半生。

潘玉良到法国后不久，因国内政局不稳，潘赞化失去了海关监督之职，经济一下子紧张起来。又加上国内外通讯时断时续，潘玉良一度收不到任何家信和津贴，她常常是饿着肚子上课。

有一次，她连着四个月没有收到潘赞化的汇款，生活十分窘迫，接连几天都饿着肚子。终于，她在课堂上晕了过去。

教授和同学们都很同情她的际遇，商量着给她凑钱，这时邮递员到了，高喊着：“中国的张玉良女士，你的汇票！”

同学们围拢来一看，是欧亚现代画展评选委员会寄来的钱，附言写着：“潘张玉良女士，你的油画《裸女》荣获三等奖，奖金五千里尔。”靠着这笔钱，潘玉良撑过了那段难熬的日子。

1928年，潘玉良坐上了回国的邮轮。

船在吴淞口港靠岸，潘赞化早早地等在那里，久别的两个人终于重逢。

受校长刘海粟之邀，潘玉良接受了上海美专的聘书。两个月后，她在上海举办了“中国第一个女西画家画展”。

二百多幅作品震惊了世人，她高超的画技让大家耳目一新，连连称赞，连徐悲鸿也向她伸出橄榄枝，邀请她到自己所在的“中大”执教。

她就像一颗冉冉升起的新星，一下子照亮了中国的画坛。

梦想让每个人涅槃重生

毛毛虫在历经蜕变之后，终于变成蝴蝶，但不是所有人都能欣赏它的美丽。

《人力壮士》是潘玉良颇为得意的作品，也广受好评，她描绘了一个肌肉发达的男子正努力搬开一块岩石，让岩石下脆弱的小花得以生存。

这幅作品后来被一位政府官员以一千大洋的天价订购。但在1936年展出时，这幅画却受到了很多误解和攻讦。

有人恶意在画上贴了一张纸条，声称这是“妓女对嫖客的颂歌”。

这对潘玉良无疑是一次重大的打击。她甚至无从辩驳，因为在世人眼里，她妓女的出身始终无法改变。

在她任教的上海美专，居然有人当着她的面嘲讽：“凤凰死光光，野鸡称霸王。”潘玉良二话不说，扇了对方一记耳光。

这个耳光似乎拉开了一场无声的战役，她要挣脱这封闭的旧社会，她要寻求新生。

如果说，起初这个想法只是萌芽，那么潘夫人的出现让潘玉良下定了决心。一天，正在给学生授课的潘玉良接到潘赞化的电话，说潘家大夫人来了，要见她。

潘赞化的原配趾高气扬地站在她面前：“所谓国有国法，家有家规，不要以为做了留洋的博士，就可以和我平起平坐。”

她要潘玉良给她下跪奉茶。

潘赞化面有难色，看着跟前的两个女人，几度欲言又止。

为了不让这个有恩于自己的男人为难，为了平息这家庭内部的矛盾，潘玉良对着大夫人跪了下去。

虽然她表面选择了臣服，但她在心里告诉自己，国内已经待不下去了。尽管她是留洋归来的教授，是名满天下的画家，却仍然不能避免世人的非议和歧视。

妓女和小妾，无论哪个身份都是一个沉重的十字架，潘玉良注定要背负一生。

她想到了再次出国。

潘赞化尊重她的选择，虽有不舍，但他知道，这里已经不再适合她，她需要一个更加自由广阔的空间。他再一次送她坐上了加拿大的皇后号邮轮。

这一走，潘玉良再也没能踏上故土。

作为一个艺术家，潘玉良无疑是成功的。她先后在瑞士、意大利、希腊和比利时等多国巡回办画展，获得了一枚比利时皇家艺术学院的艺术圣诞奖章，还获得了巴黎大学颁发的多尔利奖。

她迫不及待地写信和潘赞化分享：“今天获巴黎大学多尔利奖，此系授奖时与巴黎市市长留影。赞化兄惠存。”

人在异国他乡，她只能从报纸上零零星星获得祖国的消息，而她和潘赞化的联系也是时断时续。

抗日战争开始了，然后是新中国的成立，接着是史无前例的“文化大革命”。

潘玉良在欧洲各国辗转，生计艰难，却始终和潘赞化保持通信，给家中汇款。

潘赞化给她写信，介绍新中国成立后建设事业蓬勃发展的情况，希望她能回国，她欣喜不已。慢慢地，他的信却少了，只有只言片语“望善自珍重”，到最后，他长时间地没有了音信。

1958年，“中国画家潘玉良夫人美术作品展览会”在巴黎多尔赛画廊开幕，这一刻，整个西方艺术界沸腾了。潘玉良耗费多年心血，终于实现夙愿。

她开始筹备回国。潘赞化的回信姗姗来迟：“来信预告美展有成功之望，将实现你之积四十五年之理想，当祝当贺！你要回国，能在有生之年再见，当然是人生快事。不过虑及目前气温转冷，节令入冬不宜作长途旅行，况你乃年近六旬的老媪，怎经得长途颠簸和受寒冷，还是待来春成行为好……”

连刘海粟都被打成右派清洗，他委婉地暗示她局势不稳，并不希望她回国。

隔着隐晦的字眼，潘玉良读出了他的一片苦心。她推迟了归期，等待着回国的好时机。

次年，潘赞化过世了，没有人将消息传给潘玉良，隔着重洋和远山，整整五年后，她才收到这个消息。

她的归乡梦被打破了。

潘玉良并不是流连于国外的安稳，她是无家可归、无路可走。

因为不愿让潘赞化两难，她才选择出走，而如今，他已经离世，她回去又还有何意义？

在国外的艰难岁月，陪在潘玉良身边的是一个叫王守义的人。他曾经是她的学生，在她第二次出国时，二人重逢，他对她诸多照顾。

王守义曾对潘玉良表达爱慕，她拒绝了。

她说："我只能告诉你，我没有这个权利。我比你大十二岁，而且我早就成了家。"

潘玉良只是在骗他，或者是在骗自己，从她第二次走出国门开始，她早就决定了不再回去。她在国外是自由的，完全可以自由嫁娶。

或许她对王守义也有过情义，但她没有打算开始一段新的感情，她始终放不下潘赞化，他就是她的救赎。从她改了自己姓氏的那一刻起，她就决定用自己的一生来报答这个男人。

无关爱情，这是一个女人对一个男人所能表达的最高的敬意。

临终前，潘玉良颤抖地取下脖子上的一个鸡心盒项链，那里面放着一张她和潘赞化结婚时的小照。她嘱咐王守义："现在我不行了，我……还有一件事相托，这两样东西，请你带回祖国，转交给赞化的儿孙们。"

她口中说的第二样东西是一块怀表。那是她第二次到法国的时候，潘赞化把她送到江边，临走时送给她的。她一直贴身收藏。

微疗愈：

潘玉良和方碧君、关紫兰、蔡威廉、丘堤和孙多慈并称"民国六大新女性画家”，这六人中，只有潘玉良出生最贫寒、经历最波折，其他人多是出自名门望族、书香人家的窈窕淑女，富贵如娇花。

但时至今日，潘玉良是这些女画家中名望最高的一位。

可见，一个人的出身并不重要，重要的是她成长为什么样的人。

心若向阳，何惧迷茫，现在的低起点是为了让你得到更好的磨炼。只要我们像潘玉良一般，抓住身边出现的机会，在残酷的世界勇敢前行，我们就能遇见更好的自己。

凌叔华：要么风华绝代，要么自成一派

——生活不只是眼泪，还有诗和远方

不久前，网上流传了一组国内某知名舞蹈家的照片。她在云南的住宅里看书，宽敞的房间里，鲜花遍布，翠鸟起舞，她安静地坐在窗边，美好得如同丛林精灵。

她身上没有纸醉金迷的张扬，也看不到年华逝去的落寞，有的都是诗意和舞蹈。其实跳民族舞的人何其多，小有名气的人也不少，但像她这样性灵合一的人绝无仅有。

世间总有一些女子，绣口锦心，冰雪玲珑。她们生活于梦幻，不耽于苟且，比如这位舞蹈家，又比如凌叔华。

爱情与友情的距离只差一句话

1924年，泰戈尔访问中国。为了迎接这位大诗人，当时的京城文学界商议了很久，最终决定办一场不落俗套的茶话会迎接他。

凌叔华以女主人的身份主持了这场世纪大聚会。

她穿梭于名流之间，谈吐珠玑，风华绝代，吸引了在场所有的目光。

如今大家再谈论起这桩往事，多半是对林徽因、徐志摩和泰戈尔的“岁寒图”津津乐道，很少有人提起凌叔华的名字。

她那倾城风采淹没在岁月的长河中。

其实，论起才情和容貌，在那个时代的名女人中，凌叔华丝毫不逊色。

她六岁时，随手用木炭在白墙上画画，看过的人都称赞：“你有天才，你会成为大画家的。”

她的写作才能也不俗，和苏雪林、袁昌英并称“珞珈山三杰”。

泰戈尔曾经说过：“凌叔华比林徽因有过之而无不及。”

徐志摩则盛赞她：“眉目口鼻子清之秀之明净，我其实不能传神于万一；仿佛你对着自然界的杰作，不论是秋水洗净的湖山，霞彩纷披的夕照，或是南洋莹彻的星空，你只觉得它们整体的美，纯粹的美，完全的美，不能分析的美，可感不可说的美……”

他称凌叔华为“中国的曼殊菲尔”，那是他最喜欢的异国作家。

当时新月社刚成立，林徽因、凌叔华和陆小曼都是新月社的常客。因为林徽因已经有了婚约，徐志摩与凌叔华、陆小曼的交往更密切，双美在侧。

关于这三人扑朔迷离的感情，流传着一个有趣的小故事。

1924年8月，徐志摩从印度回国，他和陆小曼、凌叔华一直都有书信往来，有一天，他同时收到了两个人的来信。刚巧，徐志摩的父亲徐申如来看望他，陆小曼的丈夫王赓也同时露面。

徐志摩知道父亲向来喜欢凌叔华，因此，当着父亲的面，他说："叔华有信。"

他把放在枕边的一封信拿给父亲，徐申如打开信来阅读，一旁的王赓也跟着看。这一看，他顿时脸色大变。

徐志摩察觉到不妙，仔细一看，原来他错把陆小曼的信递给了父亲。

他知道自己闯祸了。

很快，故事就朝着我们熟知的情节发展，陆小曼离了婚，不久，徐、陆二人结成连理。

这或许就是阴差阳错，命中注定。

如果不是这一封拿错的信，也许一切都会不同，徐志摩和凌叔华也不是没有可能，只是人生没有如果。

徐志摩亲口对好友蒋复璁说："看信这一件事是'阴错阳差'，我总认为受庆（王赓的字）与陆小曼离婚是因我而起，自有责任。"

当时的徐志摩左右逢源，在陆小曼和凌叔华之间，很难说清他更偏爱谁。

凌叔华后来也曾公开澄清"拿错信"事件，她说："说真话，我对徐志摩向来没有动过感情，我的原因很简单，我已计划同陈西滢结婚，陆小曼又是我的知己朋友。"

凌叔华在和徐志摩诗歌唱和的同时，也在与才子陈西滢往来。

不管这番话是否是出于木已成舟的无奈，事实是凌叔华与徐志摩的关系非常亲近要好，两个人做了一辈子的好友。

徐志摩给凌叔华的第一部小说《花之寺》作序，那是他平生唯一一次给人作序。

徐志摩的处女诗集《徐志摩的诗》出版时，扉页上的题词“献给爸爸”，就是出自凌叔华的手笔。

徐志摩说过“唯有凌叔华是唯一有益的真朋友”，他两次将八宝箱交由她保管。

所谓的“八宝箱”，是徐志摩用来盛放日记、文稿和陆小曼两本初恋日记的小提箱。后来又陆续添加了一些他的稿件和两本日记，还有他欧游期间给陆小曼写的大量情书，文笔极其优美。

根据徐志摩和凌叔华的说法，因为箱子里有些“不宜陆小曼”看的东西，而且也有一些陆小曼批评林徽因的话，还有关于胡适和张歆海的闲话，牵扯了不少是非，所以不适合公之于众。

八宝箱公案：受人之托，忠人之事

徐志摩丧生之后，有关八宝箱的秘密被传扬出去，很多人纷纷表示出兴趣，想要得到这个八宝箱。毕竟，风流才子的风流韵事还是很值得一看的。

当然，最想得到这个小箱子的人是陆小曼和林徽因。

陆小曼想争取到编辑出版徐志摩日记和书籍的专利，她特意给胡适写信：“他的全部著作当然不能由我一人编，一个没有经验的我，也不敢负此重责，不过他的信同日记我想由我编（他的一切信件同我给他的日记都在北平，盼带来）……还有他别的遗文等也盼你先给我看过再付印。我们的日记更盼不要随便给人家看。千万别忘。”

按理说，这个小箱子归还给遗孀陆小曼是最适合的。但号称“爱忠诚，爱自己的家胜过一切”的林徽因不知道为何，也想得到这个箱子。

她亲自登门向凌叔华索取，凌叔华拒绝了。

林徽因并不死心，转而向胡适寻求帮助。

凌叔华很勉强地把八宝箱交给胡适差来的信使。

她在信里写道：“至于徐志摩坠机后，适之出面要我把徐志摩箱子交出，他说要为徐志摩整理出书纪念。我回信给胡适说，我只能把八宝箱交给他，要求他送给陆小曼。以后他真的拿走了……”

胡适从凌叔华手中接过了这个小箱子，他却没有送给陆小曼，而是送给了林徽因。

在得到八宝箱十八天后，胡适又紧接着写信给凌叔华，责备她把徐志摩的两册英文日记藏为“私有秘宝”。

凌叔华有没有把余下的资料交出，我们已不得而知。

这段著名的八宝箱公案在凌叔华和胡适、林徽因等几位朋友的关系上，投下了一层阴影。

是是非非谁之过，兜兜转转无非情。死了的人永远蒙着一层光环，活着的人却不能不为虚名所累。

凌叔华感到很对不起徐志摩。

她听说胡适把日记交给了林徽因，而不是陆小曼，便立刻写信给胡适：“前天听说此箱已落入林徽因处，很是着急，因为内有陆小曼初恋时日记两本，牵涉是非不少（骂林徽因最多），这正如从前不宜给陆小曼看一样不妥。”

她希望能拿到那个小箱子，可惜没能如愿。

八宝箱至今在何处，谁也不知道，凌叔华与林徽因都极力否认自己存有这些东西。

直到晚年，凌叔华还为自己辩解，她当年就交出了全部东西，包括陆小曼的两本日记和徐志摩的两本英文日记在内。

原本还勉强算得上朋友的凌叔华和林徽因就此交恶。

其实，凌叔华完全可以不用交出八宝箱，留作私藏。但人死了，这些是非就不该再拿出来兴风作浪，她按捺得住好奇，也守得住秘密。

这大概是徐志摩为什么只信任她一个人的原因吧。

得到一个男人的爱慕并不稀奇，得到他的信任和敬意才更难得。

凌叔华似乎深谙这一点，她在处理和男人的关系上总是游刃有余。

抛开与徐志摩的风花雪月、飞短流长，凌叔华把自己的人生路也走得有条不紊。

1926年，凌叔华与陈西滢结婚了。

她写给胡适的信中特别讲了这件事，她说：“在这麻木污恶的环境中，有一事还是告慰，想通伯已经跟你说了吧？适之，我们该好好谢你才是。这原只是在生活上着了另一种色彩，或者有了安慰，有了同情与勉励，在艺术道路上扶了根拐杖，虽然要跌跤也躲不了，不过心境少些恐惧而已。”

凌叔华很明白地表达出自己对这桩婚事的期望，她对陈西滢很满意。

生活不曾减灭梦幻

婚后，凌叔华随着陈西滢一起到武汉大学任教，她被誉为“新月圣手”的创作高峰就是在这个时候。

凌叔华的魅力让男人们无法抵挡，对女人似乎也通杀。苏雪林在《其文其人凌叔华》一文里说：“叔华固容貌清秀，难得的她居然‘驻颜有术’。步入中年以后……她还是那么好看……叔华的眼睛很清澈，但她同人说话时，眼光常带着一点儿‘迷离’，一点儿‘恍惚’，总在深思着什么问题，心不在焉似的。”

要知道苏雪林可是以刻薄著称，她这样称赞凌叔华，实属难得。

那真是一个风云际会的时期，在当年的武汉大学，凌叔华和苏雪林、袁昌英交好，以文会友，风头一时无头。

平静美好的生活随着朱利安的出现，开始有了动荡和涟漪。

朱利安是英国著名女作家弗吉尼亚·伍尔夫的侄子，他是一位有才华又有激情的青年诗人。二十七岁时，他出现在珞珈山，闯进凌叔华的生活。

他们都钟情并擅长文学和绘画，往来密切，很快，朱利安就为凌叔华的风采而神魂颠倒。

朱利安有给母亲写信的习惯，每个星期总有一封两封。他在信中一律用编号代替女性朋友的名字，凌叔华是K，即第十一。

这世上最难掩饰的事情是贫穷、咳嗽和爱一个人，所以，凌叔华和朱利安的感情并没有隐瞒多久。1937年，事情在武大闹得人人皆知，朱利安作为“丢尽面子的洋教授”，不得不辞职回到英国。

很多人比较凌叔华和林徽因，认为凌不如林，这段失败的婚外恋就是其中一个佐证。同样是爱上不该爱的人，林徽因拿得起放得下，在“女神”和“荡妇”之间游刃有余，而凌叔华却偏偏以惨烈的姿态收尾。

大概这就是林、凌二人最大的不同。

朱利安回国后不久，不顾家人的强烈反对，赴西班牙参战。在马德里守卫战中，他开的救护车不幸被炸弹击中，重伤而亡。

死亡会美化所有的遗憾，朱利安从此成为了凌叔华心口的一粒朱砂痣。

她开始和弗吉尼亚·伍尔夫通信，用英文写作，回忆自己童年的生活，写好一部分就寄给弗吉尼亚过目。

通信最终因弗吉尼亚的自杀而终止。

1944年陈西滢赴英工作，凌叔华跟随前往。到了英国后，凌叔华找回了自己寄给弗吉尼亚的小说，后来以《古韵》的名字在英国出版。该书一经出版，很快即引起英国评论界的重视，成为畅销书。

此后的凌叔华一直陪丈夫常驻英国，直至陈西滢因病去世。

这样的故事不够惊心动魄，在风起云涌的民国，一个传奇女子似乎应该更胆大妄为一点。或许我们期待着凌叔华与陈西滢的分道扬镳，期待她更瞩目的感情，期待她有一些惊人之举。

但是她没有。她只是平平淡淡地守着陈西滢到老。

凌叔华的骨子里并没有张扬跋扈的成分，她心里总是温情的。

1985年吴文藻过世，凌叔华在异国他乡给冰心写信：“想到三年前回去，在你家午饭，文藻是如何健康安逸态度，只不过三两年，便已隔世，永远不能畅叙了！人生本来如梦如客，希望你在这苟酷无情的日子里，多想想快乐的往事，目前苦恼，努力忘记它吧！我现定十月二十左右回国，回到北京后，第一个要见的朋友是你，希望你可以拨冗见我……"

她九十岁时，终于回到了北京。

就像她在《古韵》的结尾处所写的："我多想拥有四季。能回到北京，是多么幸运啊！"

她最终如愿。

微疗愈：

女孩都是花，最初天真而不谙世事，最后却难免落入滚滚红尘。

你我都是这样，曾经天真过、梦幻过、浪漫过，现在却是平淡的路人甲。也许我们应该再天真一点，再诗意一点、先别急着世俗，就像凌叔华一样把日子过成雅致的诗。

生活于梦幻，不是"十指不沾阳春水"，也不是"两耳不闻窗外事"，而是让我们怀着一颗玲珑心在尘世打滚，俗物不沾身，俗事不上心，不苟且，也不勉强。

在凌叔华的一生中，没有跌宕起伏的经历、也没有富有传奇色彩的故事，雅致、淡然就是她的主旋律。苏雪林曾称赞：她是一位生活于梦幻的诗人。

女孩就应该如此。诗意一点，先别急着世俗，那些东西，现实总会教会我们的。

张兆和：耽误在一场无爱的婚姻里

——婚姻不易，且行且珍惜

去年的初夏，我和小妹去凤凰旅游。风情洋溢的古镇上，时常能看到一些文艺范儿或小清新风格的酒吧，这些店无一例外地挂着招牌，用涂鸦笔或粉笔写着：“我行过许多地方的桥，看过许多次数的云，喝过许多种类的酒，却只爱过一个正当最好年龄的人。”

每每看到这句话，小妹都会花痴一次：“为什么我就遇不到为我写出这样情话的男人？”

是啊，多美的情话！

它是沈从文所写的几百封情书中的一句，感动了无数人，可惜唯独不曾感动过这封情书的女主人。

不将就，也需要勇气

1927年，张兆和到上海读书，念外语系。她刚刚十八岁，“额头饱满，鼻梁高挺，秀发齐耳，下巴稍尖，轮廓分明，清丽脱俗”，皮肤稍稍有点黑，因此获得了一个“黑牡丹”的称号。

给张兆和上课的老师中就有沈从文，长她八岁。

张兆和：耽误在一场无爱的婚姻里

沈从文来自湘西凤凰镇，他第一次上讲台的时候，紧张得整个人都在微颤，没有半分知识分子的潇洒倜傥。

一分钟，两分钟，五分钟过去了，他太紧张，整个教室也都异常安静。

沈从文讲不出一句话。学生们面面相觑，有人尴尬地耸了耸肩。

他忽然转身，在黑板上写下一行字："对不起，请同学们等我五分钟。"低低的嘲笑声响了起来。他终于开口，操着一口浓重的湖南湘西口音。

下了课，张兆和与同学暗暗取笑他。沈从文并不介怀，他甚至对张兆和一见钟情，不顾师生的身份，开始展开热烈的追求，方式就是一封又一封的情书。

第一封情书是这样开头的："不知道为什么，我忽然爱上了你！"

张兆和完全不予理睬。她从来都不缺追求者，她把那些热情洋溢的求爱信编成"青蛙1号""青蛙2号""青蛙3号"，沈从文只是第13号青蛙。

沈从文的情书不断，一封比一封火热。

"想到所爱的一个人的时候，血就流走得快了许多，全身就发热作寒；听到旁人提到这人的名字，就似乎又十分害怕，又十分快乐。"

"莫生我的气，许我在梦里用嘴吻你的脚，我的自卑处，是觉得如一个奴隶蹲到地下用嘴接近你的脚也近于十分亵渎了你的！"

"爱情使男人变成了傻子的同时，也变成了奴隶，不过，有幸碰到让你甘心做奴隶的女人，你也就不枉来这人世间走一遭。做奴隶算什么，就算是做牛做马，被五马分尸，大卸八块，你也是应该豁出去的！”

张兆和没有任何回应。沈从文找到她同舍好友王华莲，希望曲线救国。

王华莲告诉他，追求张兆和的青年才俊很多，那些情书她从来都不看的。

当着王华莲的面，沈从文动情地痛哭，试图打动她。王华莲却心生反感，她觉得沈从文这个“乡下人”实在配不上兆和。

沈从文无计可施了，他语焉不详地威胁：如果得到使他失败的消息，他只有两条路可走，一条是刻苦自己，使自己向上，这是一条积极的路，但多半是不走这条的。另一条有两条分支，一是自杀，一是：“我不是说恐吓话……我总是……总会出一口气的！”

张兆和在日记里写道：“这实在是个小气量的男人。”

女人多半还是爱慕英雄的，她们的爱来自于崇拜与敬仰。这段感情的一开始沈从文就落了下风，他不该以一个卑微的姿态出场。

张兆和将所有的信件打包，拿到了校长胡适面前。她说：“沈老师这样给学生写信可不好。”

胡适笑了笑：“有什么不好？我和你爸爸都是安徽同乡，是不是让我跟你爸爸谈谈你们的事？”

张兆和红了脸：“不要讲。”

胡适十分欣赏沈从文的文笔，认为他是中国小说家中最有希望的。他极力想撮合这一对才子佳人。

“我知道沈从文顽固地爱你！”胡适舌灿莲花。

张兆和的态度同样坚决：“我顽固地不爱他！”

碰了壁的胡适写信给沈从文：“这个女子不能了解你，更不能了解你的爱，你错用情了……爱情不过是人生的一件事，那些说爱情是人生唯一的事，乃是妄人之言。我们要经得起成功，更要经得起失败。你千万不要挣扎，不要让一个小女子夸口说，她曾碎了沈从文的心……”

张兆和看了胡适的信，她在日记中写道：“胡先生只知道爱是可贵的，以为只要是诚意的就应当接受。他把事情看得太简单了，被爱者如果也爱他，是甘愿的接受，那当然没话说。他没有知道，如果被爱者不爱这献上爱的人，而只因他爱得诚挚就勉强接受了他，这人为地，非有两心互应的永恒结合，不但不是幸福的设计，终会酿成更大的麻烦与苦恼。”

不得不说，此时的张兆和是对的。爱就是爱，不爱就是不爱，如果掺杂了其他的因素和缘由，这原本最纯粹的事情就变得不纯粹了，有何乐趣可言？

妥协的婚姻总有委屈

但沈从文仍然不放弃，他虽然去了青岛大学教书，却一如既往地写情书。张兆和虽仍不爱他，但是也渐渐有了那么一丝同情。

信一封接着一封送出去，沈从文却没有收到任何回信。他急了，在1932年的夏天，他从青岛跑到了苏州张兆和的家里。

他没有见到张兆和，她刚好去了图书馆。

沈从文以为她存心躲避，黯然神伤地在张家门口徘徊。

张兆和的二姐张允和叫住了他，她问清他的身份，邀请他进门坐坐。他执意走了。

等到张兆和回家，张允和便劝她去旅馆看望沈从文。她说：“你去了就说，我家兄弟姐妹多，很好玩，请你来玩玩。”

张兆和去了，站在旅馆门口，将姐姐的话一字不落地背出来。

两个人一起回了张家。

沈从文回到青岛后，攻势不减。他托二姐允和帮忙成全，另外也向张父提起这门亲。

他说：“如果爸爸同意，就早点让我知道，让我这乡下人喝杯甜酒吧！”

张兆和最终还是没能招架住这火热的追求，她松动了，二姐张允和去拍电报告知沈从文，机灵的她只发了一个字“允”！这既是她的名字，又代表了张家的态度，沈从文自然能会意。可是张兆和怕不保险，又去发了一条“乡下人，喝杯甜酒吧”。

寥寥数语，成就了民国史上最甜蜜的电报，这甜蜜中却还带着辛酸。

1933年，沈从文辞去青岛大学教职。9月9日，二人在北京中央公园宣布结婚，婚礼十分简朴。

对于沈从文来说，张兆和是女神。他为她写情书，也为她写小说，“有了你，我相信这一生还会写得出许多更好的文章！”

《边城》里的翠翠、《长河》里的夭夭、《三三》里的三三，都是黑皮肤女孩，都是张兆和。

他热烈地为女神讴歌，就像一个急于奉上真心的孩子。他希望张兆和也能像孩子一样，欢喜地投入爱情，像他一样投入。

但是，张兆和并不是他臆想中的不可捉摸的女神，当他们结了婚，她开始安心地做一个家庭主妇。

正如张兆和最爱穿的蓝粗布袍子一样，这个名门闺秀的性格其实并不骄矜。她说："不许你逼我穿高跟鞋烫头发了，不许你因怕我把一双手弄粗糙为理由而不叫我洗衣服做事了，吃的东西无所谓好坏，穿的用的无所谓讲究不讲究，能够活下去已是造化。"

婚姻不是诗，不是小说，吃饭穿衣和柴米油盐是无法摆脱的现实。从一开始，他们二人对爱情的态度就完全不同。

沈从文收入并不多，却爱好收集字画，很费钱。张兆和斥责他不知节俭："打肿了脸装胖子。"

结婚时张兆和没有收到戒指，连姑母给的一个玉戒也被沈从文偷偷当掉，换了字画。她在给沈从文的信中写道："家里谁都不节俭，事情要我问，我不省怎么办？"她跟沈从文结婚后就没胖过，一直瘦得皮包骨。

也许张兆和不是不爱浪漫，不是没有风情，她只是迫不得已。她早早地被生活磨灭了鲜美的外壳，露出坚韧的内核。

沈从文不懂这些。他只是失望，现实的婚姻生活和臆想中远远不同，他怀疑婚姻存在的意义，怀疑张兆和不爱他，他甚至怀疑张兆和另有情人。

张兆和回复他："来信说那种废话，什么自由不自由的，我不爱听，以后不许你讲。"

他就像一个孩子气的情人，时不时地变化着方式撒娇，根本不是一个相濡以沫的丈夫应有的姿态。虽然他的问题很多，但有一个事实始终无法掩饰，张兆和的确并不了解自己的丈夫。

沈从文回湘西探母，他的家书一封接着一封，写得勤快。

她偶尔也回信，带了一些温存：“长沙的风是不是也会这么不怜悯地吼，把我二哥的身子吹成一块冰？为了这风，我很发愁，就因为我自己这时坐在温暖的屋子里，有了风，还把心吹得冰冷。我不知道二哥是怎么支撑的。”

可是她没有陪同他一起。

沈从文去西南联大任教，她不愿意跟过去，独自留在北京。沈从文给她写了无数的信诉说相思，这些后来被编成了《飘零家简》。

她担忧的是他在外的形象，怕他如在自己面前一样地在外人面前自卑，她不允许他借钱。

她写道：“你那边能自己供应，能办到不借钱更好，杨先生钱亦不多，你万万不可再向他借了。”

张兆和甚至并不喜欢沈从文所写的故事，也不欣赏他的文章。在沈从文声名大作的时候，张兆和还总忍不住去修改沈从文文中的语法，以至于最后沈不敢再让她看自己的新作。

她似乎鄙夷沈从文在她面前所表露的种种低姿态，她不希望他用这样的姿态为人行事，一次次矫正。但她不知道，他是爱她才低了姿态。

爱与不爱都无罪

在感情上，他们两个人根本是不对等的。

这样一段婚姻，根本没有足够的感情做基础，张兆和对丈夫连最基本的认同都没有，怎么会不出问题呢？

黄永玉曾经描述："沈从文一看到妻子的目光，总是显得慌张而满心戒备。"

这不是幸福该有的模样。

这个时候，高青子出现了。真令人遗憾。王子跋山涉水找到公主之后，两个人并没有过上幸福的生活，他又爱上了别的女人。

爱情是童话，婚姻却是现实。

高青子代替他心目中原来的那个"三三"，她成了沈从文小说里的女主角。

而这一切，沈从文并不瞒着张兆和。

他在文章中写道："我真的放弃了一切可由常识来应付的种种，一任自己沉陷到一种感情的漩涡里去。"

高青子是沈从文的铁杆粉丝，第一次见面，她有意模仿他小说中女主人公的装束。

"绿地小黄花绸子夹衫，衣角袖口缘了一点紫"，女人和男人之间的暧昧就如同暗涌，这身衣服就是一种无声无息的信号。

高青子长得很美，连张兆和也承认，但这并不是打动沈从文的诱因，他迷恋的是她含蓄而又主动的示好。

可以说，这种示好，终其一生都没有在张兆和身上出现过。

听起来多么可悲。

沈从文最后还是选择了回归家庭，但他和张兆和之间存在的问题并没有得到解决。

很快，新中国成立了，紧跟着"文革"来了。

漫天的指责和评论扑向沈从文。“奴才主义者”“桃红色文艺”，这些谩骂让他患上了忧郁症，他搬到了清华园疗养，而张兆和没有陪着他。

好几年的时间里，他们没有住在一起，只是书信往来。这对夫妻以一种奇怪的方式彼此联系而疏离着。

当沈从文在家中割开手腕及颈上血管、喝下煤油时，是前来拜访的黄永玉及时发现，将他送到医院。

张兆和不能理解他的抑郁和孤独。新时代来了，她积极而努力地适应着，她不明白沈从文这种精神上的不适来自哪里，她也给不了安慰。

在沈从文认为“不能再为自己写作、用他觉得有意义的方式写作”，于是坚决放下手中的笔时，张兆和却以为他害怕批评家的批评了，“在创作上已信心不大”。

这么些年过去了，她依然不了解他。

沈从文坚决辍笔了。他放弃了自己一贯热爱的文学创作，转而投身到民俗研究里，埋首故纸堆。而张兆和呢，积极而热情地接受了自己的新工作，在《人民文学》编辑岗位上任职。

二姐张允和回忆她最后去看望沈从文的情形。当她要离开的时候，他叫住她，从口袋里掏出一封皱头皱脑的信。

又哭又笑地，他把信举起来，面色十分羞涩而温柔。他说：“这是三姐给我的第一封信。”

张允和眼睛一红，当她要求看看这封信的时候，沈从文犹豫了。他把信放在胸前温一下，并没有给她，又把信塞在口袋里，这手抓紧了信再也不出来了。

他忽然重复地说：“三姐的第一封信……第一封……”说着

就吸溜吸溜哭起来，八十多岁的老头像一个小孩子哭得又伤心又快乐。

没过多久，沈从文就去世了。

张兆和开始整理沈的信件和一些文字，编成《从文家书》。

她后知后觉地叹息："六十多年过去了，面对书桌上这几组文字，我不知道是在梦中还是在翻阅别人的故事。从文同我相处，这一生，究竟是幸福还是不幸？得不到回答。我不理解他，不完全理解他。后来逐渐有了些理解，但是，真正懂得他的为人，懂得他一生承受的重压，是在整理编选他遗稿的现在。过去不知道的，现在知道了；过去不明白的，现在明白了……太晚了！为什么在他有生之年，不能发掘他，理解他，从各方面去帮助他，反而有那么多的矛盾得不到解决！悔之晚矣。"

此情可待成追忆，当时只道是寻常。

林语堂说过一句很贴切的话：男子只懂得人生哲学，女子却懂得人生。沈从文没有错，他只是固执地爱了一个不懂自己的人；张兆和也没有错，只是在这段婚姻里她自始至终没有那么多的热情，但谁能苛责呢？

微疗愈：

我们常常听到这样的话：你很好，可是我不爱你。

爱情里分不出对错的。也许你们都很优秀，也许你们家世相当，也许你们男才女貌，可是，这并不是你们相爱的必要条件。

如果一开始就没有情，就不要勉强在一起，无论你是妥协，还是被妥协的那一方。不是现世安稳，就可以岁月静好，我们需要一个彼此情深的人扶持，才能有一起走下去的勇气。

张兆和的一世是否幸福，只有她自己才能感知得到，但她的不快乐，却是世人都看到的。我们定不要重复这样的人生。

选择自己想选的人，过自己想过的生活，万万不要勉强自己，即便对方是沈从文。

董竹君：成全你，不如成全自己

——离开任何人，你都可以精彩过一生

如果夫妻反目成仇，离婚或许是一个好的改变，一别两宽，各自嫁娶；

如果感情已到陌路，离婚或许是一个好的转化，爱人变朋友，关心而不关情；

如果针尖不容麦芒，离婚或许是一个好的缓和，时间打磨了两个人的棱角，两只刺猬最后相拥取暖。

离婚似乎不难，但两个尚有感情的人要分道扬镳并不容易。家里的表姐正打算离婚，一个标准的奶嘴男，一个极品的恶婆婆，她日子过得极其糟心。本以为会很顺利，谁知道家里竟然反对声一片，父母亲戚都七嘴八舌地劝她："年过三十，姿色一般，离了婚怎么办？说不定，下个男人还不如这个呢。"

表姐眼看着就松动了，私下跟我嘀咕："我倒不怕吃苦，就怕过得不好，白白让这个男人看笑话。"

有此心志，何愁离了男人不能活？

有多少女人在婚变后涅槃重生，比如董竹君。要知道，女人

在婚姻里的磨难，只是一种无意义的忍耐，成全了他，委屈了自己，还不如绝地求生。

灰姑娘也会有春天

1914年的上海法租借，在徐家汇桥附近，一个穿着白色单薄连衣裙的姑娘从弄堂里匆忙跑出来。

她上了一辆黄包车，连声催促车夫离开，不时地回头张望。

她这时候还叫阿媛，不是日后那个名震上海的董竹君。

在这个春寒料峭的夜晚，她还只有十四岁，刚刚从妓院中逃出来，决定去找她心爱的男子远走高飞。

这又是一个类似于红拂女夜奔的故事。身陷风尘的女子不甘堕落，终于有幸遇到英雄，她便一意孤掷，追随而去。

每个传奇都有相似的开头，却有着各种各样的结局。

董竹君出生在一个贫穷的家庭，父亲在上海拉黄包车，母亲给有钱人家做佣工，日子过得很艰辛。

穷人的孩子早当家，董竹君自小就帮着母亲做家务，扫地、擦桌、上街买粮食、半夜把马桶提到行人道边的屋檐下放着，样样都做得娴熟利落。

董竹君的父亲脾气不好，如果挣了钱，就会买点酒菜回来；如果生意差，他只能空手回家，与母亲吵一架。

但董竹君的童年也并不是全然晦暗的。尽管她的父母贫穷，每天都吃些青菜萝卜，但他们还是坚持送她去念书。

他们的愿望很朴实，因为自己识字不多，吃了很多苦头，知道一个人不读书就不会有出头的日子。虽然董竹君是个女孩，但她聪明伶俐，他们希望她多念点书，以后可以嫁个好人家。

六岁时，董竹君进了私塾，她过了一段相对安乐的时光。

她后来在自传里回忆，那段时间，她最开心的就是每天能有十几文的零花钱，能够在上学的路上买点心吃。她喜欢买上两个白糖芝麻芯子的糯米饭团，里面再夹根油条，把它揉压得紧紧的，又香又好吃。

不过好景不长，董竹君的父亲因为劳累过度患了严重的伤寒症，他不能再出去拉车，家里变得更加贫困。

到了董竹君十二岁的时候，家里已经拿不出任何读书的费用，她的母亲提出让她去学唱京戏。

董竹君奇怪地追问：“学了又有什么用？还要花钱。读书都没有钱了，还要学唱？”

母亲无奈地说：“你学吧，先别管。”

这是没有办法的办法，为了治病和养家，全家四处借贷，贫苦的生活雪上加霜。董竹君的父母不得不出此下策，忍痛将女儿送去学戏，然后以三年三百大洋的价格，将她抵押给了五马路的一家妓院。

进了青楼的董竹君不到十四岁，她顶了“杨兰春”的名字，那天，她拍下了有生以来的第一张照片。

董竹君晚年在回忆录详细地记述了当天的情景：“照相那天，好像是端午节，我戴上自己最喜欢的一对碧绿色的翠玉耳环，穿一身当时最时髦的黑纱透花夹衣裤，将头发梳成最时兴的刘海剪刀式，手腕子上戴了一对水金花式的金镯子，漂漂亮亮地去到时芳照相馆，然而我的心情却是那样的沉闷。”

她其实还是个半大的孩子，在陌生的舞台奔波卖唱，心里只有苦闷和委屈。

她不爱笑，也许是内心太痛苦。但在妓院这样一个地方，你不笑，倒显得更神秘，那些男客反而老想着逗你笑。

董竹君竟因此红了起来。

如果她一直在青楼待下去，也许就和很多风尘女子一样，纸醉金迷，最后一点点地沉沦下去。

但命运让她遇到了夏之时。

凤凰涅槃，才得新生

夏之时出生于四川，早年留学日本，后来加入同盟会，辛亥革命爆发后，他在成都郊外龙泉驿带兵起义。

他是名声赫赫的将军，侠骨柔情，忽地一下乘着五彩祥云而来，成了董竹君的英雄。

1913年，夏之时来到上海，参与讨伐袁世凯的“二次革命”。在此期间，为了掩人耳目，夏之时和一些革命党人常常在青楼聚会议事，他就这样遇见了董竹君。

董竹君称呼夏之时为“夏爷”。

她敏锐地发现了这位夏爷的不同，他到堂子里来似乎不是为玩乐的。他们每次都是三五人围着茶桌，一边吃喝，一边低声议论国事，神情显得很紧张，时不时地打量周围，一看就是做大事的。

负责照顾董竹君生活的是个五十多岁有些驼背的妇女，董竹君叫她孟阿姨。这位孟阿姨时常跟她讲起妓女的悲惨遭遇，一来二去，董竹君留了心，她决定在老鸨逼迫她卖身前，找到一位可靠的男子，逃离青楼。

相比那些粗鲁的客人，夏之时各方面的条件都出类拔萃。他对董竹君十分礼貌，常常与她聊天，倾听她的不幸遭遇。

夏之时虽然是武将，却鼓励她读书，并在交流中讲了许多革命事迹，这些都让董竹君受益匪浅。

董竹君说："我更细心观察夏爷了，见他身材高壮，肤色白润，额宽，眉眼清秀，两目炯炯有神，姿态英俊，性格豪放，二十四岁就任四川都督，真是一位英雄豪杰。至此我就更加爱慕他，并留心夏爷是不是真心爱我。对镜自照，暗自喜欢，以我的相貌是应当配一个爱国英雄的。"

崇拜和跳出火坑的急迫心情让董竹君对这位比自己年长十三岁的男子心生依赖。这隐隐为日后两个人的悲剧埋下了伏笔。

爱情，看起来是最漫不经心的东西，它却又是最神圣的东西，容不得任何人掺杂其他成分，否则，总有一天它会咯得你发疼，就像十八层褥子下面的一颗豌豆。如果熬得过，那这段感情就是经过磨砺后的珍珠，去瑕存真，弥足珍贵；如果熬不过，那么爱情也就走到了尽头。

董竹君丝毫没有想过，她的爱是有条件的，假如有一天夏之时不再是她的英雄，那她的爱还存在吗？

但此刻的董竹君来不及考虑太多，她这一年来了月经。这意味着她开始成长为女人，可以接客了。

这时的夏之时却突然消失了。

原来，袁世凯下令解散国会，随后，开始大批捕杀一部分国民党人和原同盟会成员，夏之时也遭到了通缉。

袁世凯悬赏三万银元捉拿夏之时，他被迫躲藏起来，并准备逃往日本，但他心中却已经无法割舍下董竹君。

找不到他的董竹君急了。一天，她趁着上街买东西的时间，偷偷来到夏之时曾对她提及的旅馆里。

董竹君曾这样描述当时见面时的情景：“当我一进房门，他就从床上跳起来，抱住我失声痛哭。这时候我才感觉到自己亦是真心喜欢他了。”

夏之时向董竹君正式求婚。

聪明的董竹君并没有被幸福冲昏头脑，她提出了三个条件：“第一，我不当小老婆；第二，我要到日本去留学；第三，将来我们回来以后，要组织一个很好的家庭。”

明明还是一个没经过风浪的小姑娘，面对眼前唾手可得的幸福，她要有多大的定力，才能这么冷静淡定？

由此可以看出，董竹君是个有强大内心的人，她不图一时之利。

夏之时爽快地答应了这些条件，并提出马上要为董竹君赎身，然后两个人一起逃往日本。但是，董竹君却拒绝了，她不要夏之时为她赎身。

她居然不让这个男人为她赎身！她不是急于离开青楼吗？

眼明的人看董竹君的这一举动，只会叹一声：“果然有心思。”

她不要他赎身，这样免去将来他拿这事做要挟，即便他不是这样的人。小夫妻过日子，谁没有拌嘴吵架的时候？如果丈夫鄙夷而又不屑地说一句：“当初我是花钱买了你的！”妻子又该如何驳斥呢？再深的感情也经不起这样的折腾和伤害，董竹君一早就想到了。她要把一个自由而清白的自己嫁给夏之时，堂堂正正地做他的妻子。

回到妓院后，董竹君就装病拒绝卖唱。老鸨大发脾气，把她关进了西藏路的一幢小楼中。

在一个月色皎洁的夜晚，董竹君出逃了。

她借口吃水果，支开了身边的人。

她说："窗外月光明亮，直射房里，似乎在指示我'你要跑，这是好时候'……月亮啊！请你救助我吧。"

董竹君没有带走任何东西，所有妓院给她的那种绫罗绸缎和珠宝都被她扔了。她下定决心要开始新的人生。

黄包车一路狂奔，来到虹口爱尔近路，夏之时就居住在这里。

趁着月色，他们和其他革命党人一起转移，逃到了一家日本旅馆——松田洋行。

这时的董竹君感觉到一直被束缚在身心上的东西全部被解除了，她心里乐开了花。

失败的婚姻是一本教材

春天即将结束的时候，董竹君与夏之时正式结婚了。这一年，夏之时二十七岁，董竹君才十四岁。

在流传下来的结婚照上，夏之时穿着西装，董竹君穿的是一套法国式的女士裙装，他们夫妻应该都是追求新思潮的。

夏之时和董竹君在一起生活了十五年，之后异地分居，五年后正式办理了离婚手续。

他们并不是没有感情。

夏之时支持她读书，却又担心她在学校被人诱拐，特意请了老师来家里教董竹君。

他有公务要回国，不放心董竹君一个人在日本，让表弟来帮忙照顾她。

临走前，他还给了董竹君一把枪，跟她说："要是你对不起我了，你就用这把枪自我解决了吧。"

夏之时是一个大男子主义很强的人，最初他吸引她的是强势和能干，到最后，这些慢慢演变成专制和霸道。

她开始反感了，渐渐地想要逃离。

董竹君想要去法国留学，夏之时不肯，坚决让她随自己回四川老家。她无可奈何，不情不愿地跟着他回国。

四川是夏之时的大本营，他是受人尊敬的将军，是一方霸主。可是，对于董竹君而言，这个封建的地方，就像一个华丽的牢笼。

她过得很不开心。

她妓女的出身被夏之时的很多革命党同辈看轻，也被夏家所不容。

她生了四个女儿，觉得夏之时重男轻女，根本不疼她们。

她没有很多的行动自由。

这时四川的革命形势不乐观，军阀混战，夏之时不愿意蹚浑水，于是在家隐居，开始兴办锦江公学，把精力放在慈善事业上。

四川的大户人家多抽鸦片，夏之时也开始抽大烟，渐渐地，脾气越来越躁。他又跟着大哥信佛，总是窝在家里不爱出门。

董竹君却是个闲不住的人，她想自己做生意。

夏家的大少奶奶要经商，这让重视脸面的夏家大为恼怒。夏之时一开始也强烈地反对，后来招架不住她的硬脾气，答应了。他给她出钱办了“富祥女子织袜厂”和出租黄包车的“飞鹰公司”，挣了些小钱。

他们夫妻之间的关系却越来越僵。

夏之时对好友戴季陶吐槽道：“我家搞成这样，说到底是我没用。我有一个朋友，他自己在外面混得一塌糊涂，一点社会地位都没有，但他家中有五个老婆。这五个老婆在外面都是母老虎，到了家里都老老实实的，从不敢跟丈夫吵一句。我呢？大小也算是个四川名人，家里却一团乱。家里本来是月月吵架，后来是周周吵架，现在干脆是天天吵架，日子真的没法过下去了。”

戴季陶笑着说：“其实，如果你娶的是一个四川本地的名门淑女，就不会有这样的事情！”

夏之时没有吭声。

让他们夫妻不睦的最主要原因是孩子和老人。

董竹君婚后将父母也接到了四川，夏之时对这两位卖女求荣的老人并不抱好感，态度上有些轻慢，董竹君为此很不满。

另外，董竹君一心想让四个女儿接受教育，而夏之时不置可否，二人为此吵得不可开交。

1928年，夏之时因为生病赶到上海治疗，董竹君和孩子们都留在了老家四川。

此时的董竹君已经决定和丈夫摊牌决裂了，她将黄包车和纱厂的两处生意变卖，然后一声不吭地带着四女一子和父母离开了四川，到达上海。

这件事震惊了整个四川。

督军的夫人带着孩子离家出走，这桩丑闻成了很多人茶余饭后的笑话。

夏之时看见报纸以后，气得双手发抖。

二人碰面，免不了一顿大吵。董竹君想自己留在上海打拼，夏之时坚决不同意，二人争执不下。最后夏之时妥协了，他带着最小的儿子回了四川。

分居之后，二人又开始互相忆起对方的好来，特别是夏之时一再来信，劝董竹君回四川，他甚至为此专程赶来上海，与董竹君进行了一次长谈。

董竹君回忆最后那次谈话时说："当时他在楼下，我准备下楼去。突然我觉得双腿无力，浑身颤抖，我明白这是最后摊牌的时间了。从此以后，我就只能自己一个人带着孩子们讨生活了！"

可当所有的讨好和温柔都唤不回她，他恼怒了，毫不留情地讥讽道："如果你董竹君也能在上海成功，我就用我手掌煎条鱼给你吃。"

董竹君的性格要强，她当然不容丈夫如此羞辱。她更加坚定了留在上海的念头。

这年，董竹君同夏之时正式分居。此时的她已经二十九岁，结婚十四年，是五个孩子的母亲了。

在上海最初的几年里，董竹君非常不顺利，做些生意都赔了。那时候，她常常把家里的物品拿去典当。

夏之时一度停止了给他们钱款，想迫使他们回家。

分居五年后，夏之时再次赶往上海和董竹君见面。

一见面，夏之时就问：“几年不见，事业有什么成就？”

董竹君生气不语，觉得丈夫是来看笑话的。这一次见面后，倔强的董竹君选择了离婚。

也许是斩断了后路，离了婚的董竹君反而更加坚韧，有种孤注一掷的决绝。她独自带着四个女儿在上海挣扎，竟然也开创了一番事业，先后成立锦江川菜馆和锦江茶室。

连美国影星卓别林到她的饭店也需要等位。

新中国成立后，她将自己经营的锦江川菜馆与锦江茶室合并，更名为锦江饭店，捐赠给了国家。

离婚后的董竹君没有再嫁人，她床前的小桌上一直放着夏之时的照片。

1950年，夏之时以“组织策划土匪暴乱”的罪名被枪决，二十七年之后才得以平反。

董竹君最后是在北京病逝的，她留下了一部长篇回忆录《我的一个世纪》。

微疗愈：

夏之时的儿子说，父亲母亲都没有错，是他们注定不能在一起生活。

是的，谁都没有错，但是谁也没有义务要向对方妥协。

两个人携手经营婚姻，就像一次战战兢兢的渡劫，随时都可能缘灭，彼此若没有几百年的道行，怎么修成正果？如果再碰上道不同不相为谋的，势必落个你死我活的下场。

董竹君不是爱财，也不是贪图名声，她不辞辛苦地自我修炼，只是想要成为更好的自己。女人最大的安全感来自于事业，而不是男人，只有当你经济独立了，你才不会在一个男人面前自惭形秽，不会在一个家族夹缝里艰难求生，更不会在爱情和面包之间咬牙切齿。

所以，当遭遇感情的危机、别人的蔑视时，不要选择退步，更不要委曲求全，只要你坚持住了这一次的涅槃，痛过之后就是新生。

陈香梅：挨过最黑的夜，成为最亮的星

——只要给你一个台阶，你便能创造世界

因为工作原因，去年的整个8月我都滞留在广州。

南国的天气总是湿热的，随处可见繁盛的热带花木：凤凰花、扶桑、三角梅、合欢，都是生机勃勃。即便是在车水马龙的路上，蓬勃的行道树也枝叶茂盛，张牙舞爪，就像一只只破土而出的兽类，似乎要扑向每一个行人。

这是一个明艳的城市，适合每一个倔强的灵魂。

此情此景总让我想起一个女人，她叫陈香梅。

巾帼不让须眉

陈香梅的祖籍是广州，在北京出生，成年后又到广州岭南大学念书。她喜爱文学，英文很好。

很多女孩都艳羡童话里那个幸福的公主，然后抱怨自己家世不够好、相貌不够美。其实，再好的美貌与家世也不一定成就女人的幸福，女人始终要靠自己，否则就算命运给了你一手好牌，你可能照样全盘皆输。但凡传奇一点的女人，谁没有自己的过人之处呢？陈香梅就没有过人的家世和美貌，她的长处在于自己的胆魄和学识。

陈家共有六个女孩，陈香梅排行老二。

一碗水难端平，子女多的家庭里，老大和老幺总是更容易得到关注，而中间的往往被忽视。幼年的陈香梅就处在那个尴尬的位置，直到成年。

七七事变爆发之后，陈香梅举家从北京流亡到香港。当时陈香梅的父亲远在美国任职，家中没有男子汉，一群妇孺老小，只能寄人篱下。不久，她的母亲又因病去世了。

陈香梅此时只有十六岁，大姐不到二十岁，最小的妹妹才六岁。在六个姐妹中，她是最有见解和最有能力的，自然成了家庭的主心骨。

香港沦陷后，日寇的铁蹄四处践踏，六姐妹寄读在圣保罗女书院，经常受到日军的骚扰和抢劫，日无安宁。更糟糕的是，战乱让她们与父亲失联了。

目睹了日本侵略的凶残，陈香梅果断下了决心，她要带着姐妹们离开香港，逃到内地去。

陈香梅几经周折，托人弄到离港通行证。

如果说做这个决定是出于她的魄力和胆大，那么，一路的逃亡则真正考验了这个早熟的少女。

陈家六姐妹先坐船到了澳门。

出发前，陈香梅把母亲留下来的珠宝遗物缝在棉衣里，或放在挖有洞的书本里，作为日后的经济来源。

过海关时，面对日本海关人员的搜身，年幼的陈香梅虽然吓出一身冷汗，但还是镇定地应对，最终成功地保住了家产。

逃难的人太多，六姐妹拿着行李待在甲板上，不敢移动分毫。因为只要一走开，立刻就会被人抢去位置。

原本三个钟头的行程，邮船开了三天三夜才到达。

从澳门到广州湾的路也不好走，她们没有选择水路，因为常常有日本人拦截轮船。陈香梅带着姐妹，跟着逃亡的人步行，一路躲轰炸、穿越封锁线，在土匪区出入。

陈香梅后来回忆："走着走着，不时有人突然倒下，沿途都有草草筑起的新坟。"

没有经历过战乱的人，大概永远也理解不了那种生死边缘的感觉，那不是电影里随着音乐缓缓出场的镜头，也不是历史书上生硬的几个形容词。

战乱让陈香梅从锦衣玉食的少女成长为心性坚韧的巾帼。

六姐妹足足走了十五天，到达了广州湾的赤坎市。

当地挤满了难民，人太多，几乎所有客店都挂出了"客满"的招牌。几番周折之后，陈香梅和姐姐在赤坎西关楼附近租了简易的平房。

闷热的空气里带着一股腐烂的气息，那是垃圾和人的异味，罩着死亡的阴影。

住宿环境奇差无比，陈香梅顾不上计较，她需要安顿姐妹们的生活。

因为市场物资奇缺，大家只能出高价购买，而她们身边没有那么多的现钱。

陈香梅想到了变卖珠宝。她和大姐拿着一套钻石项链和戒指、一对钻石玉镯去变卖，遇到了一位外地商人。

对方谎称要验货，鉴定是真的之后才付款。到底是年纪小，没什么经验，陈香梅和姐姐答应了，将珠宝全部交给他。

第二天，当陈香梅找上对方居住的旅馆时，那个黑心的商人早就溜之大吉了。

这从天而降的横祸无疑是雪上加霜，让她们姐妹的生活更加艰苦。

苦难是一笔财富

没多久，日军继续南侵，对广州湾虎视眈眈。兵荒马乱中，陈香梅姐妹一直没有父亲的音讯，她思前想后，联系了一所桂林的学校，决定先到那里安顿下来，再等待父亲的消息。

这又是一段艰难的旅程，沿途都是一些荒凉的小村落，道路很不好走。

没有住宿的地方，她们只能和那些难民搭伙，姐妹六人挤在两张木板床上。到了晚上，四周都有窸窸窣窣的声响，那是老鼠在到处乱窜，撒了鼠药也不管用，床边还扔着死老鼠的尸体。

床上也没法睡，揭开被单，到处都是虱子和臭虫。她们人还没躺上去，身上就起了大块大块的红肿。

屋漏偏逢连夜雨，没多久，陈香梅患了疟疾。这是难民群里常见的病，她没有当回事，带着病赶路。又走了两天，她的病重了，又得了痢疾，姐妹们不得不停下来。

当时压根儿没有歇脚的旅店，更别提好好治疗了。她们费了好大力气才找到一间用来存放鞭炮的铁皮木屋仓库，姐姐给陈香梅在当地找了一个郎中把脉，喝了药，她却仍然不见好转。

那天夜里，陈香梅肚痛拉痢。仓库里没有厕所，她只能一次次跑到荒地里解决，前后跑了十多次。

接着，陈香梅开始发高烧，人事不省地昏迷过去。

下半夜又下了雨，雷电交加，小小的铁皮屋在荒野里又凄凉又危险，姐妹们束手无策，抱了必死的绝望心情，守着奄奄一息的陈香梅大哭。当时姐妹们都以为自己会和陈香梅一起死在这里吧，年纪轻轻的就要埋骨他乡。

往往在最绝望的时候，就会有奇迹。熬到第三天，陈香梅醒了。

简单的休整之后，她们贱卖了首饰，重新出发。一路上风餐露宿，没有食物的时候，她们甚至吃腌蝗虫、干蚱蜢。

一个半月后，六姐妹终于到达桂林。陈香梅后来在回忆录里写到这些，感慨良多。

如果没有这段地狱般的逃难岁月，也许陈香梅日后的人生不一定那么精彩瞩目。

所以，我们不要太抗拒命运给予的挫折与苦难，当他给予我们沉重的顽石负背，也许顽石里藏有美玉，只待我们发现。

到了桂林，陈香梅很快联系上父亲。

国内局势动荡，父亲提出要她们六姐妹到美国留学。出人意料的是陈香梅拒绝了。她刚刚才经历了那样惨无人道的苦难，但她并不后怕，也没有立刻沉溺于安逸和享受。她说：“我不能在祖国受难时离开她。我要工作，要尽我对祖国的责任。”

她这时明明还是个小姑娘，胸襟和气度却不输给任何成年男子。

国难当头，不说寻常百姓，有多少读书人和革命者都纷纷出国，寻求庇护，而陈香梅选择了留下来。她入读了岭南大学，并以优异成绩考上中央通讯社，成为一名战地记者。

危险的战场与柔弱的姑娘，肮脏的尸骨与年轻的面庞，这明明是最矛盾的组合，却又是最和谐的画面。

因为熟练的英语和良好的体能素质，陈香梅在一次任务中负责采访飞虎将军陈纳德，那时她才十九岁。

陈纳德将军是美国人，二战期间，他组建了赫赫有名的“飞虎队”（原名美国空军志愿队），负责协助训练中国空军。

他是英雄男儿，有盖世的风采。初次见面，陈香梅就被这位少将的风采深深吸引。

当时的陈纳德与妻子的感情一直不好，已经分居，但还没有正式办理离婚手续。陈纳德说：“如果当时我是单身，我一定会向她发起猛烈的‘进攻’。”

这不要紧，他们的故事还没结束，未完待续。

爱情之外，另有天地

也许不是所有的爱情故事都百转千回，但命运百转千回的背后，多半是因为爱情。

抗战结束后，陈香梅调往上海中央通讯社工作，而陈纳德将军回到美国后又重返中国，在上海成立中美合作的民航空运公司。

他们重逢了。

英雄与美人的结合成就了一段佳话，尽管这年陈纳德已经五十四岁，而陈香梅刚刚二十三岁。

他甚至比她父亲还大一岁，陈香梅心里也有过犹豫，担心家里反对。但陈纳德很有耐心，他使出全部气力来取悦她的家人。

陈香梅的外祖父和外祖母很喜欢打桥牌，陈纳德刚好是个中高手，所以他常常到陈香梅家打牌。陈纳德总是故意输给两位老人，一来二去，就得到了陈香梅外祖父母的喜欢。

也许会有人质疑这段跨国婚姻，会有人觉得陈香梅不过是爱慕陈纳德的赫赫声名。但是，陈香梅用行动给出了答案。

她陈香梅本就不是攀附男人的弱女子，她自有她的一番天地！

陈纳德的民航公司在新中国成立后迁移到台湾，陈香梅跟着迁居过去。

结束了记者生涯，她开始专职写作，在短、长篇小说和散文上收获颇丰，还帮着陈纳德将军完成了回忆录《一个斗士的自述》。

真正的考验是陈纳德的去世，陈香梅此时才三十三岁，身边带着两个年幼的孩子。

其实，靠着将军夫人的头衔，她的余生也不会过得太差。陈纳德并不是没有留下足够的钱财供她生活，但她没有选择就此消磨光阴，她带着孩子搬到了华盛顿，开始重新打拼。

除了陈纳德夫人的头衔，作为黄种人，她不被美国主流社会接受。在这里，她只能以惊人的勇气和毅力孤身奋斗。

可能有人要问：为什么？

为什么放着好好的日子不过，去异地辛苦打拼？为什么不能现世安稳、岁月静好呢？

不过是为了争一口气。

总有人不喜欢女人好强，嫌弃她们是硬邦邦的树，不如解语花来得温柔可人。但是谁规定女人只能做娇花呢？一旦失去依附的对象，谁又来庇护她们？

“我在乔治亚城大学找了份工作，做一个小部门的主管。副手是一个白人，男性。当时只有一个停车位，学校没有给我，而给了我的副手。当时美国正值总统大选，民主党、共和党都在争取少数民族的支持。两个党派都来邀我入党。”陈香梅说，“谁能够把车位给我拿回来，我就加入哪个党。最后，共和党首先帮我抢到了车位，所以我就加入了共和党。”

从车位之争开始，陈香梅走入美国政界和商界的主流圈，终于大获成功，取得令人瞩目的成就。

她在全美巡回演讲，作品《一千个春天》在纽约出版后成了畅销书，一年之内就销了二十版。

她受肯尼迪委任到白宫工作，成为第一个进入白宫的华裔。此后三十多年，先后有八位总统都对她委以重任。

她还是飞虎航空公司的副总裁，是全美七十位最有影响的人物之一。

除了事业上的独立，在感情上她同样拿得起放得下。

陈香梅说：“和陈纳德相爱的十年，是我们都深爱对方的十年。我再也不会结婚，可是我有自己的感情生活，因为生活有很多乐趣。”陈纳德去世多年后，她坦荡地开始新的恋情。

陈香梅毫不避讳“我的男朋友”之类的字眼，她骄傲地向别人介绍自己的男朋友："他是工程师，参与设计过很多机场。"

她不是作为陈纳德的"另一半"而存在，而是以一个魅力女人的形象存世。这样的女子是真正为自己而活，潇洒如风，坚韧如树，不输给任何男子。

微疗愈：

妾本非丝萝，何必托乔木？

陈香梅的成功是个例，但不会是特例，巾帼本来就可以不让须眉。她不算美人，她不是绝顶聪慧，但她靠着自己的坚韧和独立，一步步走到塔尖。

陈香梅的成功可以囊括为一句话：女人千万不要把男人当成自己一生的事业，否则，你随时都要承担失败的风险，还不如把自己当成事业来经营。

不要惧怕时间，不要担心年龄，陈香梅的人生路，从三十三岁才真正开始。女人经营自己，何时开始都不晚。

点一盏心灯，焚一炉香屑，选一个安静的夜，打开摩西奶奶的书，心里默默地告诉自己："人生永远没有太晚的开始。"

席与时：我若坚强，花自绽放

——你要学着自己强大

我在国外留学时曾与一个富二代合租，她家境很好，又因为是独生女，极受宠爱，所以颇有些四体不勤五谷不分的味道。

有一天，我们住的房子出了状况，天花板上不知道为什么渗水，我房间的衣柜遭了殃，而她房间则是床铺全湿了。我们下课回来时，污水还在继续滴。

我忙着把衣柜里遭殃的衣服扔进洗衣机；忙着挪动衣柜；忙着找盆盆罐罐来接水；忙着清理地面的污水；忙着给房东打电话。而室友则嫌弃地站在客厅，捂着鼻子，不停地抱怨道："怎么会这样啊？我要投诉！哎呀，你别弄了，脏死了，等房东来吧。"

整个下午，她给父亲打了电话诉苦，又跟男朋友在电话里不停地撒娇，最后给远在别国的闺密电话抱怨了几个小时。到了晚上，房东并没有如约赶来，室友看着她那依旧湿答答的床铺傻了眼。

我坐在自己的床上，正在清理已经烘干的衣服，她看着我忙活，委屈地红了眼，气呼呼地指责道："你怎么不帮我？"

我只是看了室友一眼，心平气和地回答："亲爱的，没有谁必须要帮你，只有你自己必须要帮你自己。"

荣华富贵一场空

席家花园位于上海东平路1号，是一座老式的花园洋房，红顶黄墙，内部装潢非常讲究，凡是有木质装饰的地方都有精美的雕花。

这个地方就是曾经赫赫有名的席家花园酒店，它现在仍在经营，只是已经没有了当初的显赫和辉煌。

这里也曾是席家的老宅。

席德炳是20世纪40年代中国银行总经理席德懋的弟弟，他名气虽然不如哥哥大，却也是民国金融界举足轻重的人物。

席德炳的夫人是浙江湖州双林黄家的小姐，典型的江南闺秀。他们有八个孩子，其中七个女儿，个个都像母亲，出落得如花似玉。席家花园当时名扬上海滩，一半是因为老太爷席德炳出名，一半则是因为这如花似玉的七个小姐。

席与时是席家六小姐。她长得更像母亲，圆圆的脸，皮肤白皙，一双温柔的大眼睛水波流转。

席家是一个富裕的家庭，家里有五个用人，包括司机、园丁、厨师、门卫和一个家务女佣。七个女孩都在上海市西女中读书，家里有汽车接送。那时候用汽车接送孩子去读书的人家也不少，但席家的车停下来，接连跳出一群花枝招展的小姐，这总是东平路的一道风景。

在周末，席家姐妹跟着母亲乘车上街购物，席与时的母亲英文很好，喜欢翻看国外的时尚报刊，留心明星们的穿着，然后自己慢慢用毛衣针编织出来。而席与时最喜欢的是童星秀兰·邓波儿的穿着。

就像所有故事里一样，无忧无虑的大小姐经历了忧患开始成长。

日军侵华之后，整个上海滩翻天覆地，席家的安稳日子也结束了。在时代的动荡下，大家都不过是淡薄的纸片人，随时随地会被命运卷到不知名的境地，生死未卜。

抗战期间，父亲席德炳去了重庆，哥哥去了美国留学，席与时和母亲、姐妹留在了上海。

尽管她们居住在法租界，但还是常常受到日军的骚扰，社会治安越来越差。

当时席与时的大姐已经病逝，三姐嫁了人，其他的姐妹都还在学校念书。考虑到女儿的安全，母亲千方百计地托人，想把她们都送到美国去。

最先安排上船的是席与时的二姐和四姐。那正是太平洋战争爆发前夕，硝烟弥漫。

她们走了不久，席家就收到消息，日本人跟美国人开战了，有一艘美国邮轮在夏威夷海边被炸毁。

那时信息很不灵通，无法知道被炸的究竟是哪一艘船。席家人心急火燎，按照行船的日期推算，以为席与时的两个姐姐遇难了。

白发人送黑发人，这恐怕是人间最为伤心的事。这对席家是个沉重的打击，尤其是席与时的母亲。她很快病倒。

家里没有男丁，管事的母亲又倒下了，这可真是雪上加霜。此时的席与时还是个娇滴滴的小姑娘，她什么都不懂。

不久后，席家收到了两个女儿的消息，她们都还活着，虽如此母亲的病却仍不见好。战时药品稀缺，她们又请不到好医生，母亲的病越拖越严重。

因为得不到妥善的治疗，席与时的母亲没多久就过世了。那时的她还只有十二岁，正在读初中一年级，底下两个妹妹都还是小学生。

这时的席家花园里只剩下她们三个小女孩，席与时瞬间成了家里的顶梁柱。

料理完母亲的后事，席与时决定和妹妹搬到三姐家里。

昔日欢笑热闹的席家花园已成席与时的伤心地，她不忍心面对那些熟悉又陌生的草木屋宇。况且，三个孤苦伶仃的小姑娘也没有能力支撑门庭，只能求助于姐姐。

三姐夫毫不犹豫地接纳了三个小姐妹，她们这一住就是好几年。

鲁迅曾说：“有谁从小康之家而陷入困顿的么，我以为在这途中，大概可以看清世人的真面目。”席家也不算完全败落，但寄人篱下总是不好受的，席与时姐妹急切盼望父亲的回归。

走自己的路，不理世俗

抗战胜利之后，席德炳终于回到了上海。

席与时欣喜不已，和两个妹妹一起搬回了久违的席家花园。

但现实很快给她泼了冷水。席德炳不是一个人回来的，他又娶了一个太太，席与时姐妹必须接受一个新的母亲。

男人永远和女人不同。一对恩爱夫妻中年丧偶，假如过世的是丈夫，那么女人多半是选择守寡，含辛茹苦地拉扯孩子长大。就算她选择再嫁，那也是拖拖拉拉好几年，考虑前夫和孩子；但是换作男人，他们的治愈期似乎更短，妻子的坟头还没长出草，他们已经把新人迎进了门。

席与时有些郁郁寡欢，她想念从前一家子美满的生活。

1948年，席与时最小的妹妹跟着父亲、后母和其他亲戚朋友去春游，乘坐的汽车在太仓县内发生了事故。车上的人五死二伤，席与时的小妹妹当场殒命。

这一系列突如其来的变故让席与时猝不及防，天真烂漫的她渐渐变得成熟了。生活不会永远都是童话，更多的是陷阱，随时随地都充满了变数。荣华富贵不可靠，亲情也不可靠，要想成为生活的强者，必须自己坚强起来。

就在这一年，父亲把她和妹妹送到了美国，她们分别进入高等院校读书，这一走，再没回来，从此永远离开了席家花园。

席德炳很快也退休来到了美国，在纽约郊区经营一家小农场，上海的一切连同席家花园一起，被永远地抛在了大洋彼岸。

到了美国以后，席与时以一种全新的姿态投入了她的新生活。

她做了一名教师，专门教导那些失明的小孩。

这个念头并不是偶然的，在席与时读小学的时候，就萌发了这样一个志向：将来长大了一定要当老师，而且要当失明孩子的老师！

这个志向的缘起，是因为幼时的席与时喜欢吃苏式甜点，她常和姐妹一起坐家里的汽车去点心行。每次买完糕点，她们总能在店外面遇到一些身体有残疾的小乞丐，那些小孩面黄肌瘦，衣衫褴褛，有些是足跛、有些是失明。这些小乞丐常常会冲上来把她们的糕点一抢而空。

刚开始席与时很害怕，也很惊讶，她自小生活环境优渥，并不能理解贫苦人的生活。次数多了，她也渐渐明白了，这些小乞丐是饿了是没办法而为之。

席与时同情这些孩子的际遇，更暗暗地做了一个决定，长大后一定要当老师，而且要当残疾孩子的老师，还要办一所盲童学校，让街上所有失明的小孩都到她的学校里来念书，让他们也过上开开心心的日子。

这个誓言在后来的很长一段时间里，几乎成了她的生活目标。

席与时后来一直留在了美国，热情致力于盲童的教育，深得美国主流社会的好评。

对一个名媛而言，她最好的归宿当然是嫁给门当户对的公子哥，做个衣食无忧的名流太太。如果没有那场家庭变故，席与时或许会在名媛养成之路上越走越远，最后成为一个标准的贵妇人，可是她没有。

在别的太太悠闲地喝着下午茶、出入各种沙龙时，她在悉心照顾那些失明的幼童，教授他们读书写字；在别的姑娘待价而沽、等待着嫁入豪门时，她却无视金钱和物质，选择嫁给了张南琛，当时正值张氏家族在美国破产，经济困难。

她慢慢地从一朵不经雨雪的娇花，成长为柔韧的草，风过时低头，风过后扬起高傲的头。

家庭式微，没关系，她有自己的工作，自己养活自己；婆家不给力，没关系，她明白富贵如云烟，愿与丈夫共患难、同进退。

她把自己的生活牢牢掌握在自己手上。她是一个难得的女人，看得透彻、活得明白。

微疗愈：

一个女人能够倚靠的东西实在太少。

容貌会老去，才华会消逝，金钱会消耗，父母兄妹总会离开，男人的爱又总是变化莫测，唯有自己不会背叛自己，所以，也唯有自己才能成就自己。

就算出身富贵，也要承担一无所有的风险；就算嫁得良人，也要担忧色衰爱弛的可能；就算美貌如花，也要面对人老珠黄的时候……所以，还不如早早地依靠自己，活得踏实，活得痛快。

周璇：美丽，本不应该是负担

——不要让自己一世都周旋在爱与悲伤

同学会就像一面照妖镜，当初种种因果，而今各自悲喜。前阵子见到了高中的老同学，时间在每个人身上都或多或少地留下了痕迹，而最让人唏嘘的就是班花小姐。

班花小姐眉眼清纯，美得如同一朵白色的栀子花。她曾经让无数男生趋之若鹜，可惜美人心有所属，早早跟青梅竹马的邻家哥哥定了情谊。

很多同学都见过这位竹马，长得帅，家境不错，大家都认为二人郎才女貌，班花小姐就此会幸福下去。可此后的同学聚会，她的气色一次不如一次。随之而闻的是，竹马又劈腿了，竹马又闹分手了。

即便如此，班花小姐一直不肯分手：“他虽然不是一个好人，但他平时对我很好的。”

待我念完研究生回国，班花小姐已经嫁给竹马，生了孩子。可惜对方依然花心，夜夜晚归，不理家事。

烦琐的家事、辛苦的工作，还有丈夫的冷漠，这些都是摧残美人的利器。班花小姐不无哀怨地跟我们吐苦水：“我好像一下子老了十岁。”有人劝她离婚，她却依然愚钝，犹犹豫豫地说：“他平时对我还是很好的，而且我们还有个孩子。”

长得美有什么用呢？没有足够的聪明来掌控，那这份美无疑是种受罪。

无坎坷，不人生

作家白先勇曾经说：“我的童年在上海度过，那时上海滩到处都在播放周璇的歌，家家花好月圆，户户凤凰于飞。”

提到周璇，没有人不知道，就算是对老电影不熟悉的人，也会哼上一两句她演唱的《天涯歌女》。甚至连王家卫也对这位歌后情有独钟，电影《花样年华》的灵感和插曲都来自周璇的歌声：“花样的年华，月样的精神，冰雪样的聪明，美丽的生活……”

可能很少有人知道，周璇本来并不姓周，她也是一个身世可怜的孤女。

周璇幼时被人拐骗，卖给金坛县的王家，养父母给她取名叫王小红。王家夫妇离异后，她又被送给上海一户周姓人家，改名为周小红。

大约是在十一岁的时候，周璇进了明月歌舞团。有一次，她参演救国进步剧《野玫瑰》，在终场时唱了主题曲《民族之光》，其中有句歌词是“与敌人周旋于沙场之上”。她声线婉转，唱得很好，得到了老板的赞赏，对方特意给她改名为周璇。

周璇真正名扬上海是在十四岁，当时上海各家电台联合举办歌星比赛，白虹、周璇、汪曼杰名列三甲。

报刊评论周璇说："她是新出现的小歌星，前程似锦。"

电台称赞她"如金笛沁入人心"。从此，她多了一个外号——"金嗓子"。

1935年，《申报》特意花了一个版面来报道周璇："被选为三大歌星之一的周璇小姐，正式踏进电影界了，我们以从前盼望袁美云的心来盼望她。同时，周璇小姐那一副小鸟依人，和见了人彬彬有礼的态度，我们更觉得会是比较有出息的一个。"

周璇没有辜负大家的期许，她不仅歌唱事业风生水起，在电影方面也渐渐有了起色。

电影《马路天使》讲述了一个歌女在旧社会受尽侮辱和伤害，但仍然对前途抱有美好理想的故事。它也是周璇广为人知的代表作。

这部电影就像是为周璇量身打造的，据说导演当初坚持让周璇参演，尽管她当时的身份是歌星。周璇完美地演绎了这个角色，她赋予了女主角灵魂，那个有着俏皮笑容的女孩活灵活现。当她在电影里咿咿呀呀地唱着"不知道我的诞生之地，不知道我的父母，甚至不知道自己的姓氏"，她分明就是在演绎自己。

周璇曾经在接受采访时说："《马路天使》最值得我怀念，因为许多朋友都喜欢它。"

当年《上海日报》公开刊登启事，进行"电影皇后"的选举。经过各界人士的投票和呼吁，同时栖身影坛和歌坛的周璇被推为"影后"。周璇没有接受这项殊荣。

她说，做人要谨记"满招损，谦受益"这句话，荣誉过高，并不是好事。她还在上海另一家报纸上刊登了一则启事，大致内容是："自问学识技能，均极有限，对于影后名称，绝难接受，并祈勿将影后二字涉及贱名，则不胜感荷。"

这并不是一种自我炒作，也不是言不由衷的托词，她是真的不计较这些名利。

在所有女明星中，周璇是一个安静的明星。

在1943年的《新影坛》杂志上，有人这样评价过周璇："无论在她婚变之前或后，她的私生活，一向是很严肃的。你可曾看见她独个儿在交际场所或游乐场中出现？除非有应酬，她总是难得外出的，这也是她值得为人称道的一点。"

她看起来是那么的与众不同。

一代歌仙陈歌辛这样评价周璇："璇子很聪明，心肠也好，她开始踏上影坛，是以娇小的身材与甜润的歌声使人感到'我见犹怜'的。周璇的音色甜润自然，有江南水乡的韵味，又有天真烂漫的情。"

但是，就是这样一个单纯美好、性情柔和的好女孩，却一辈子凄凄惶惶，始终不曾得到真正的幸福。

幸福是狗尾巴

成名后的周璇，在事业的巅峰期嫁给了当时相恋三年的男友严华。

严华也是20世纪30年代较有名气的艺人，他曾经是周璇在明月歌舞团的老师，给过她很多帮助。周璇对他的感情是复杂的，既有感激、信任，又有小女生的仰慕和依赖。

歌舞团解散后，周璇进了“艺华影片公司”，而严华则要随歌舞团去南洋一带巡演，离别之际，周璇将一本黑封面的簿子交到严华手里，表明了心迹。

婚后，二人度过了一段短暂而甜蜜的生活。随着两个人各自忙于事业，他们的婚姻很快出现了裂缝。

没多久，周璇不幸流产了，失去了第一个孩子，这给了夫妻俩一个措手不及的打击。紧接着，外界纷传周璇与电影公司老板的绯闻，严华误以为妻子红杏出墙，二人经常冷战。此时的周璇也怀疑丈夫出轨了，对他失望至极。

二人不和的新闻一出，各界人士纷纷推波助澜。清官都难断家务事，何况是一些别有用心的看戏人呢？很快，这对夫妻的问题越来越糟糕，最后不得不走向陌路。

“清浅池塘，鸳鸯戏水，红裳翠盖，并蒂莲开，双双对对，恩恩爱爱。”这是周璇的名曲《月圆花好》里的歌词，也是严华为她创作的，它唱尽了多少女子内心对爱情的美好向往，却没能给她和他一个美满的结果。

情到深处情转薄，这是周璇的第一段感情，也是最刻骨铭心的。这个男人给了她温情和呵护，也留下了不可磨灭的伤害。

有些女人像狡黠的猫，吃了一次亏，就再也不会上当。可周璇不是，她在经营感情上似乎永远缺一点火候，一次又一次地栽跟头，最终遍体鳞伤。

在很长一段时间内，周璇都是孑然一身，直到她遇到了石挥。

石挥常年活跃在上海的话剧舞台上，是一位多才多艺的“两栖”演员，被观众誉为“话剧皇帝”。在上海剧艺社演出的后台，两个人第一次见面，当下互生好感，彼此都欣赏对方的品行和才华。

但是他们各自都忙于事业，见面时间并不多。而周璇因为上一段失败的婚姻，心态上有些患得患失，她和石挥的交往总是带着一份试探，两个人都显得分外含蓄和犹豫。

1946年周璇因拍戏去香港，分别在即，二人才互相吐露衷情。

在香港没待多久，周璇立刻返回了上海，在这一年，她和石挥合作了电影《夜店》，两个人相恋了。

可没等电影公映，公司方面就急着催促周璇回香港。周璇和石挥正沉醉于爱情的甜蜜里，彼此难舍难分，临走前，他们定下了婚约。

距离会拉开相爱的两颗心，到了香港，周璇从爱情的炽热中回神，她又开始犹豫不决。尤其是周围的人都认为她和石挥不合适，他们议论石挥对她的爱情日渐下降，甚至拿了上海版的小报为证，不断怂恿她与石挥分手。

已经受过一次伤害的周璇退缩了。

周璇回到上海后与石挥见面，她随行带了一个朋友徐小姐，这个徐小姐是极力反对他们结婚的。

这次见面，周璇表现得很客气，丝毫没有往日的亲昵。而徐小姐在一旁添油加醋，咄咄逼人地斥责石挥变心，把登了新闻的报纸扔到他面前。

石挥也质问周璇，原来她在接受记者访问时，声称“绝不与圈内人配成佳偶”。

一股难堪的沉默弥漫在二人之间。

石挥最后长叹一声，他双手拍膝站起，用影片《飘》中白瑞德向郝思嘉告别的动作，一个旋身离去。

数年后，当周璇听到石挥和童葆苓结婚的消息，她有些失落。面对记者的追问，她只是倔强地说："我更愿意他能幸福。"

或许周璇对石挥不是没有感情，但此时的她就像一只惊弓之鸟，已经没有了为爱痴狂的勇气和决心。

怕痛的人，受伤最深

经历这次情变，周璇再次紧紧关闭了心扉。

也许是天意弄人，这时，一个名叫朱怀德的商人走进了她的生活。

朱怀德默默追求了周璇很多年。她孤身在香港时，他特意从上海飞过去，陪伴她；她在外地拍戏时，他体贴地帮着照顾她的养母；她生病时，他四处奔走，为她介绍医生；而且他还帮着周璇打理钱财，帮她打理家事。

那位好事的徐小姐也看好朱怀德，常常在周璇耳边述说他的好处，夸他既体贴又有能力，周璇动心了。

1949年春，周璇与朱怀德在香港同居了。朱怀德承诺她，在战事平息之后，他一定在上海隆重地迎娶她。

单纯的周璇还把自己所有的积蓄都给了他打理。

朱怀德带着钱回到上海，从此杳无音讯。周璇渐渐察觉到不妥，这时候，她发现自己怀孕了。

当带着孩子的周璇追回上海时，朱怀德避而不见。

他冷漠地质问她：“这孩子，恐怕和你一样，是领养的吧？”他甚至直言不讳，他早就是有家室的人了。

满腔真情都付与了流水。周璇如同晴天霹雳，这个男人的绝情和狡诈彻底打垮了她。

这段感情以周璇登报声明结束同居关系而告终。

在同一个地方栽倒两次，周璇的内心只怕是又悔又恨，悔自己遇人不淑，恨自己有眼无珠。

女人总是容易拿别人的错误来惩罚自己，她生下了孩子，却始终走不出这段感情的阴影。

当周璇拍摄电影《和平鸽》时，电影台词中的“验血”两个字就像是道闪电，一下子击中了她脆弱的神经。她绝望地大哭，不断地哀诉：“是你的骨肉，就是你的骨肉！验血！验血！”

她崩溃了。

此后整整五年，周璇一直活在自己的世界里，凄凄惨惨。

这成为她一生最后一部电影。

周璇最后一个为人所知的感情对象是唐棣。他是一个画家，温文尔雅，正好抚慰了周璇满是创伤的心灵。

她和唐棣很快同居，有了身孕，消息一传出，舆论哗然。也许是顾及到周璇当时的精神状态，她所在的剧影协会以组织的名义，起诉了唐棣，控告他诈骗和诱奸。

原本打算正式登记结婚的周璇和唐棣因此被迫分开，更荒唐的是，唐棣竟然因此被判刑三年。

他作为周璇第二个儿子的父亲，还没有看见孩子出生，便锒铛入狱了。

而周璇生下孩子没多久就被送往了精神病医院疗养。

她的病时好时坏，最后又不幸染上了脑膜炎，三十八岁就早早地离开了人世。

周璇在弥留之际，心里始终还有遗憾。她拉住老友的手，用颤抖而低弱的声音，凄凄惨惨地呢喃："我是苦命……一直见不到……亲生……父母！"

她的小儿子曾经回忆，他小时候去精神病院看母亲，周璇隔着铁栅栏对他哭喊："儿子，快点长大吧，你要帮帮妈妈。"

她爱过四个不同的男人，最后大概都绝望了，没有人能从始至终地给她温暖和依靠。她只能奢望那从没得到过的亲情，可是她的儿子还太小，她的父母素未谋面。

关于周璇的身世，纷传着各个版本，她本人生前也一直在打探。

据说周璇原名苏璞，出生在常州苏家，是被抽大烟的舅舅给拐卖的。周璇的生母还曾经赶到上海电影厂，想要认回女儿，可惜周璇那时已经患上了精神病，受不了刺激，她只是远远地看了一眼。

微疗愈：

有人渴望一生轰轰烈烈，也有人渴望一生平平淡淡，难分优劣，不过是甲之蜜糖，乙之砒霜而已。对于漂亮的女人而言，这种选择似乎更为难，因为美丽给她们带来了更多的关注和机遇。

但女人最后总会渴望安定，漂亮的女人也不例外。周璇历尽浮华，最后想要的也不过是现世安稳和岁月静好。即便美丽是一种武器，历经披荆斩棘，熬到皇冠加身，这光鲜的背后又何尝不是血淋淋的自残？老了青春，耗了红颜。

女演员陈冲说过：“我现在特别向往平静和简单，希望世界上所有的戏剧情节都不要发生在我家里。我只在电影上反映人间的悲欢离合就行了。”

对于女人而言，人生经历越简单就越幸福。毕竟，所有的荡气回肠也是为了最美的平凡。

宋清如：情深必不寿，平淡才长久

——可以对爱执着，但不要为爱而活

我们应该都有过这样的少女情怀，收到情书，那种心情既忐忑又甜蜜，就像夏日里开到一半的夜来香。

我本科时的男友，是一个极具才情的人。我们交往三年，最后因他决定到法国念研究生而分开。离别前，他写了一封缠绵动人的分手信，看罢 ，让人几乎忘记了他的所有不好。一直到现在，我欣赏的男人依然是才情型的，虽然过了耳听爱情的年纪，但甜言蜜语谁不爱呢？尤其是把甜言蜜语说得情真意切、与众不同，那就是独属于你的离骚。

女友笑话我文艺病，她是宁可收到鲜花加礼物的。

亲爱的她不知道，读到一首缠绵悱恻的情书是多么愉悦的事。当然，前提是这个男人是你喜欢的，并且他的文笔必须不错。

两情相悦是难得

知道宋清如是因为朱生豪，他是一个绝顶的会写情书的男人。

有好事者曾经戏称民国有四大著名的情书，它们分别是鲁迅的《两地书》、徐志摩的《爱眉小札》、沈从文的《从文家书》和朱湘的《海外寄霓君》。

我很诧异，朱生豪的情书竟然榜上无名。

“醒来，觉得甚是爱你。”这是朱生豪写给宋清如的日常书信，听听，分明是一首诗歌。

朱生豪写过很多这样情真意切的情诗。

“你的来信如同续命汤一样，今天算是活转过来了。”

“我们都是世上多余的人，但至少我们对于彼此都是世界最重要的人。”

“我卜了一下，明天后天都仍然无信，顶早星期四，顶迟要下个星期五才会有信，这不要把我急死吗？”

“希望你快快爱上一个人，让那个人欺负你，如同你欺负我一样。”

“真愿听一听你的声音啊。埋在这样的监狱里，也真连半个探监的人都没有，太伤心。这次倘不能看见你，准不能活。”

这些情书的女主人都是宋清如。

宋清如出生于地主家庭，家境殷实，幼年接受私塾启蒙，是一个思想先进的新女性。

她出生时，父亲一心希望是儿子，因此对这个女儿很失望，连名字也不肯取。是一个在北京读大学的表姑妈说：“我有一个同学叫清如，她就叫清如吧。”

父亲的漠视成就了宋清如的要强和好学。读到初中时，家里准备替她议亲，她向家里抗议：“我不要结婚，要读书！”

她如愿进了之江大学。

这是一个独立不羁的小姑娘。到了大学，宋清如在一群花枝招展的女学生中格外突出，因为她不喜欢打扮。

她说：“女性穿着华美是自轻自贱。”

她又说：“认识我的是宋清如，不认识我的，我还是我。”

多么骄傲的女子！

美丽是一种资本，而通常只有美而不自知的人，才真正拥有这份资本。

那时候，女子读书是一种奢侈的事，更多的女性被困在闺阁里，就算有幸进了学校，见识也有限。宋清如无疑是女学生中的佼佼者。

在一次诗会上，宋清如认识了朱生豪。

她要加入之江诗社，写了一首《宝塔诗》。朱生豪看了，朝她笑了笑。

朱生豪的诗写得很好，名声在外。宋清如觉得不好意思，低下了头。

从那之后，朱生豪写好了新诗，总是第一个寄给她看，她也趁机向他请教。

有一天，宋清如在学校散步，在路上遇到了朱生豪和彭重熙。

她和他彼此没有打招呼，陌生人似的走了过去，彭重熙突然把朱生豪一推，他倒在了她身上。

她一直记得这件小事。

那时大家都在传，朱生豪在之江诗社有个姓吴的女朋友，对他很照顾。朱生豪给宋清如写信解释：“我和她只是诗友而已。”

之江大学的教学楼前面有个大花坛，种了很多的玫瑰花。朱生豪常常一个人在附近散步，嘴里哼着《露丝玛丽娅》和《娜塔莎》。宋清如总是能撞见，她笑笑，并不打招呼，晚上却一个人跑来偷摘玫瑰花。

他们经常写信交流。

宋清如写了几首诗投到《现代》杂志和《文艺月刊》，发表了以后，朱生豪偷偷写信给她：“老兄，我在杂志上看到你的诗。”

这是一对奇怪的情侣，他们热衷于在信上谈情，一来一往，整整恋爱了十年。

谁说婚姻都是柴米油盐？

都说婚姻是坟墓，大概也不无道理，至少宋清如这样的文艺青年是避之唯恐不及的。

当朱生豪提出结婚时，她拒绝了。

宋清如自己承认：“其实，受苏联文学的影响，我对结婚有一种恐惧，把结婚当成恋爱的坟墓，我喜欢自由，讨厌应酬和排场。”

从相片上看，宋清如是个眉目柔婉的姑娘，但她内心极其有主张。

于是，朱生豪日复一日地和宋清如鸿雁传书，留存下来的就有三百余封。

就是这些信，见证了两个人缠绵悱恻的恋情，见证了一个被情爱折磨的男子之敏感、细腻、忧愁和怨怼，也见证了宋清如的小女儿姿态。

完全想象不出朱生豪那样木讷寡言的人，会有那么丰盛的热情，他在信里亲昵地给宋清如取各种绰号：阿姊、傻丫头、青女、无比的好人、宝贝、小弟弟、小鬼头儿、昨夜的梦、宋神经、小妹妹、哥儿、清如我儿、女皇陛下等等，让人忍俊不禁。

再看他给自己的署名，更是有趣得让人喷饭：你脚下的蚂蚁、伤心的保罗、快乐的亨利、丑小鸭、吃笔者、阿弥陀佛、综合牛津字典、和尚、绝望者、蚯蚓、老鼠、堂吉诃德、罗马教皇、魔鬼的叔父、哺乳类脊椎动物之一、臭灰鸭蛋、牛魔王。

纵然隔着长远的时光，那些甜蜜的情感依然让人动容。

这对大龄青年的恋爱直到1942年才结束，他们终于步入婚姻，此时宋清如三十一岁，朱生豪也三十岁了。

一代词宗夏承焘为这对新婚伉俪题下八个大字：才子佳人，柴米夫妻。

这是祝福，也是生活赤裸裸的真相。

结婚的第二年初，夫妇俩回到了嘉兴，朱生豪开始翻译莎士比亚的剧作。

他常常担心宋清如无聊，把《李尔王》交给她，让她也试着翻译。宋清如不肯，她知道自己答应了，朱生豪肯定会耗费很多时间教她。与其这样，还不如让他专心工作。

他们当时生活比较穷困，常常吃青菜豆腐，偶尔烧两只鸡蛋算是开荤了。朱生豪译稿的时候，宋清如就在楼下做家务，有时候他翻译得顺利，心情大好，就跑下楼，兴致勃勃地帮她生炉子。

朱生豪也喜欢和宋清如讨论他的译稿，他问她："要用两个字反映罗密欧与朱丽叶两家的世仇，你看用什么词来得好？"

宋清如说："交恶？"

他非常高兴，赶紧记下来，得意的神情就好像是他想出来的。

他们相处不像夫妻，更像是恋爱中的情侣。

结婚后的第二个春节，宋清如回常熟的娘家过年，住了二十天左右。

朱生豪一个人在家里。赶上下雨天，后园的一株杏梅花落了，一瓣瓣的落了满地，他把这些花瓣捡起来，掬在手里抚着呵着。

每捡一瓣，朱生豪就在纸上写一段想念宋清如的话。

"昨夜一夜我都在听着雨声中度过，要是我们两人一同在雨夜里做梦，那境界是如何不同，或者一同在雨夜里失眠，那也是何等的有味。可是这雨好像永远下不住似的，夜好像永远也过不完似的，一滴一滴掉在我的灵魂上……"

等宋清如回到家，花瓣已经集了一大堆，诗也写了一大沓，朱生豪却好几天茶饭不思了。

宋清如说："从此，我再也舍不得离开他了。"

为爱而活是勇气，也是遗憾

得成比目何辞死，愿作鸳鸯不羡仙。这大概是天下痴男怨女的心声，也是朱生豪和宋清如真实的内心写照吧。

可惜情深不寿，这样的美满婚姻没有撑很久。两年之后，朱生豪因肺结核等多症并发撒手人寰，留下孤儿寡母和没有完成的翻译事业。

这一年，宋清如才三十三岁，年华正好，容貌娟秀。

如果是早年的宋清如，也许她并不惧怕命运的变故，她还是个果敢的少女。但是，几年的婚姻生活之后，她只是一个心思细腻的寡居妇人，一个情感遭受摧残的诗人

朱生豪给她留下三十一种、一百八十万字莎剧手稿未曾出版，还有一个嗷嗷待哺的孩子。宋清如的后半生都在完成这两样事情：出版朱生豪的译稿，抚养他们的孩子。

就像所有的遗孀一样，她在寂寞中苦熬，靠回忆度日。直到她遇到骆允治。

在1949年，由于同学骆允治的介绍，宋清如从朱生豪的母校嘉兴秀州中学调到了杭州高级中学工作。

骆允治担任学校的总务主任，对宋清如很照顾。

根据宋清如的学生回忆：“宋生病不能上课时，也常常是骆允治给她代课。”

宋清如的儿子朱尚刚也在《诗侣莎魂：我的父母朱生豪、宋清如》一书中说：“我记得有一段时间骆先生常常在课余和假日来看母亲……后来，母亲怀了孕，并且于1951年暑假回常熟乡下生下了我妹妹。”

宋清如为骆允治生下了一个女儿，但不知为什么，当时他们并没有结婚，后来也没有在一起。

这其中到底发生了什么，无人得知。朱尚刚回忆说，母亲曾考虑过今后与骆走到一起的事，但后来还是分手了，是什么原因她从来没有讲起过。

宋清如很快就离开了杭高，调到杭师工作，此后与骆允治彻底地形同陌路。

这段感情之后，宋清如彻底关闭了心扉。她闭门谢客，专心整理朱生豪的遗稿。

朱生豪临终前，还留下了莎士比亚戏剧第四集六个史剧没有翻译完成，宋清如下决定要完成他这个心愿。

为了译稿，宋清如向当时工作的杭师请了一年事假，她到了四川，在朱生豪的弟弟朱文振的协助下，开始翻译丈夫没有完成的莎士比亚历史剧。

翻译、整理、校勘，整整花费了三年的时间，宋清如终于完成了朱生豪的遗愿。

可是，当她与出版社联系出版事宜时，对方却告知已经不再需要她的译文了。

宋清如翻译的版本最终无缘问世。后来，“文革”来了，在一次抄家中，这份译稿被尽数销毁。

宋清如没有重新翻译。她耗费了无数的心血，作品却连面世的机会都没有。不只是遗稿，宋清如一生留存下来的诗词也十分有限。

施蛰存曾经评价过她：“宋清如真有诗才，可惜朱生豪要她不要发表新诗，她也就写都不写了。如果继续写下去，她不会比冰心差！”

另一位诗人骆寒超也说过：“就诗人的素质和创作成就而言，清如先生都比生豪先生要略胜一筹。”

就是这样一位有才情的女子，却没有留有相应的优秀作品。

女子有才，却因为各种原因，没有持续自己的才华，不再写，或者是写得太少，这不能不让人遗憾。

宋清如留存下来的诗词极少，对朱生豪的哀思几乎是她唯一的主题。爱人的离世、生活的窘迫几乎带走了她浩渺的诗情，唯留这点缠绵的情思，供人感慨万分。

六十七岁的宋清如回到了嘉兴南门朱氏老宅，一直到去世。

微疗愈：

董桥在《朱生豪夫人宋清如》一文中写道：“有人准备写一本《宋清如传奇》，她听了说：‘写什么？值得吗？他译莎，我烧饭。’”

也许宋清如本可以有更辉煌的声名，但是她并不介意为丈夫洗手作羹汤，将自己融在丈夫的光辉下。

诗情画意是值得讴歌的，柴米油盐的陪伴更让人心生敬意。

我们不比较哪种生活更有价值，只要你开心，只要你幸福，那就按照自己的意愿坚持走下去。毕竟，嘴是人家的，人生是你自己的。

潘素：洗去尘埃，终成明珠

——好的婚姻，成就更优秀的你

“潘步掌中轻，十步香尘生罗袜；妃弹塞上曲，千秋胡语入琵琶。”

这是张伯驹写给潘素的诗。

他夸她貌美身娇，又欣赏她琵琶技艺过人，将她比作那倾城倾国的明妃王昭君，又暗暗契合她的名字潘妃。

用心如此，不可谓不情深。

男人的那点心动最适合写在古体诗里，不管五言还是七律，总是若隐若现地撩拨人。

我一向觉得男人应该为心爱的女人写写诗，不用多，一首就够了。

这首诗是他爱她的证明，是最好的时光，是情浓时的不由自已，是在玫瑰变老之前的美丽。好的情诗，足够让一个女人熬过柴米油盐的蹉跎，在白发苍苍的余生，永远在心里封存那一刻的郎情妾意。

慧眼识珠不是运气，是本事

张伯驹是个写诗的好手，也是个典型的高富帅。

首先，他出身好，是名门望族的公子哥；再者，他长得也不错，风度翩翩，顶着民国四公子之一的光环；更重要的是，他还有才，琴棋书画样样精通，收藏和戏剧也不错，简直就是个旷世奇才。

这样的男人，肯定不缺女人的爱。所以，在遇见潘素之前，张伯驹早就有了妻子，而且还不止一个。

张伯驹的第一段婚姻是在十五六岁时，他由家里包办，娶了安徽督军的女儿李氏。二人彼此没有感情，结婚多年也没能育有儿女，她最后郁郁而终。

第二位夫人邓韵绮是张伯驹自己挑选的，据说“她的长相不算娇艳，也不太善于打扮自己，穿着绸缎衣装也不比别人更美”，但她贤惠能干，尤其有一手好厨艺。她原先是北京的京韵大鼓艺人，“韵绮”的名字是张伯驹给起的。

张伯驹的第三位夫人王韵缃是苏州人，名字也是张伯驹起的。她为张伯驹生了儿子，后来就一直和孩子、张伯驹的父母生活在一起。

你看，女人大多都想找个优秀的男人，但优秀的男人太抢手，侥幸轮到你，已经是转了好几手。倘若你有感情洁癖，大概也不愿再沾染，就算你愿意，恐怕心里也不安宁，时时担忧这男人的花心。

感情在某种程度上就像一场豪赌，找个好男人就像捡漏子，全凭运气。

潘素的运气显然不错。在此后的漫漫岁月，张伯驹相继和邓韵绮、王韵缃离了婚，陪在他身边的，只有她。

潘素原名白琴，出身苏州望族，是前清著名的“状元宰相”潘世恩的后代。

她的父亲是个纨绔子弟，游手好闲，不务正业。好在她的母亲贤淑聪慧，尽管家道中落，教导女儿却十分用心，特意聘请名师来教潘素女红、音律和绘画。

都说女儿要富养，这样才能戒了小门小户的俗气，而俗气的女孩子都是不讨喜的。

十三岁时，潘素的母亲不幸病逝，继母给了她一张琴，将她卖给了青楼。

才子与佳人的戏份儿总是这么老套，却也仍然动人。

张伯驹当时到上海任一个闲官，不过是走走玩玩，偶尔也去卧柳眠花处转悠，结果就撞上了潘妃。

就像戏词里唱的，张生第一次见到崔莺莺：“眼花缭乱口难言，魂灵儿飞在半天。”

张伯驹对潘素一见钟情，惊为天人。

他见过无数美人，但潘素和那些美人都不同。

她艳帜高张，公然在上海西藏路、汕头路路口迎客。

她有点江湖气，像那些跑堂子的男人一样，在手臂上刺了一朵花。

她弹得一手好琵琶，也能挥笔成画。

他觉得好奇，而好奇往往就是一段感情的开始。

当他老了，他依然念念不忘这一刻的初见，深情地写诗回忆：“姑苏开遍碧桃时，邂逅河阳女画师，红豆江南留梦影，白苹风末唱秋词。除非宿草难为友，那更名花愿作姬，只笑三郎年已老，华清池水恨流脂。”

张伯驹的朋友说：“这两人英雄识英雄，怪人爱怪人，一发而不可收，双双坠入爱河。”

他原本并不是专情的人，她原本也不耽于儿女情爱，这样两个人偏偏遇上了，竟然也正儿八经地白头到老了。

可见，这世上不是没有好的爱情，只是我们没有遇到那个好的人。

潘素当时已经名花有主，国民党一个叫臧卓的中将早就金屋藏娇，将这位美人霸为己有，二人几乎到了谈婚论嫁的地步，论理，张伯驹就是一个半路杀出来的程咬金。

爱情却是不讲究什么先来后到的，爱就是爱，不爱就是不爱，哪有道理可言？

相识之后，潘素便决定抛开旧情，选择张伯驹。

夺爱之恨，无人能忍，臧卓自然不肯善罢甘休，他把潘素软禁起来了。

男人对感情总有一种误解，他以为将女人留在身边，天长日久，总会生出情分。事实上，对于一个女人而言，失去她的爱情更甚于失去她的生命，你给予再多的物质补偿与轻怜蜜爱，在她看来都不过是一个刽子手假好心的施舍。

在潘素眼里，臧卓就是那个棒打鸳鸯散的恶人，只因为她不爱他。

另一边，眼见潘素被软禁，张伯驹虽着急却也无计可施，他在上海人生地不熟，对方又是国民党中将，他不敢贸然得罪。

他找到了朋友孙曜东，向他求助。孙曜东一口答应了。

这是典型的中国式爱情故事，总带了一丝文人的浪漫和幻想。比如《霍小玉传》里有个热心肠的黄衫客，他感动于霍小玉的深情，义愤之下将李益抓到了她的床边，让她以解相思之苦；比如“章台柳”的典故里，有个路见不平的虞侯许俊，他见柳氏和韩翃这对恩爱夫妻被迫分离，主动驰马而去，将柳氏从恶霸手里劫回，使得夫妻团圆。

对于张伯驹和潘素的苦恋，孙曜东也心有恻恻，同样义不容辞地将担子揽到了自己身上。

当时，潘素被臧卓囚禁在汉口路的一品香酒店。孙曜东买通了臧卓的卫兵，趁他不在，开车带着张伯驹闯入别墅，两个人匆匆忙忙地带走了潘素。

张伯驹事先在静安寺路租了一套房子，那里都是上海滩大老爷们的“小公馆”，来往人多，他们混在里面，不容易暴露。

孙曜东开车把他俩送到那里对他们说：“我走了，明天再说。”

张伯驹哪里还肯久待，他当即就带着潘素离开了上海。不久后，二人在潘素的故乡苏州举行了婚礼。

聪明的女人懂得让自己升值

新婚燕尔，夫妻情浓，张伯驹携潘素游历山水，虎丘山、拙政园、狮子林，到处都留下了他们幸福快乐的身影。

张伯驹带着潘素去拜访印光法师，皈依佛门，法师为他们取了慧起、慧素的法号。从此“慧素”成了她的字，“素”成了她的名，而潘妃这个艺名就此成为历史。

这似乎也是一个暗示，潘素完成了她人生的蜕变，从华美如妃幻化成素净之蝶。

《老照片》封面上曾登过潘素的照片，亭亭玉立的人，身边是插着折枝寒梅的瓶。她穿着长长的黑旗袍，戴着一双长长的耳坠子，整个人却透着一股呼之欲出的风雅。

张伯驹为潘素写过很多诗词："年少一双碧玉，人望若神仙。""红尘世上，百年余几，莫负婵娟。""喜是团圆今夜月，年年偏照有情人。"

字里行间都是他对这段感情的庆幸和满意。

不同于时下那些文人，张伯驹只为潘素一个人写情诗，她是他所有抒情的源泉和归宿。

每逢佳节良辰，尤其是潘素的生日，他都会写下动情的篇章。

在那些不懂的人眼里，潘素只是一个姿容出色的风尘女子，在张伯驹眼里，他却能看到她全部的好。

潘素幼年时囫囵学过一些画技，偶尔有一些涂鸦之作，张伯驹却认定她有天赋。他特意为爱妻请来了名师，朱德甫教她画花卉，夏仁虎教她古文，汪孟舒教她绘山水画。

每个老师都是苏州名家。

潘素是否有天赋我们很难定论，但毋庸置疑的是，张伯驹花了足够的心思来对待她。在各位老师的教导下，潘素的才艺大有长进。

作画、写字、抚琴、填词成了他们夫妇生活的主旋律，他们合作了很多书画作品。

男人的爱很现实，和美色有关，却不仅仅只是美色。假如哪个女人以为自己凭借姣好的容貌，就可以长久地获得欢心，那她就大错特错了。

所以，在婚姻生活里，精神交流是维系感情的最佳途径。古人说门当户对，也许很多人不认同，可它未必没有道理。没有共同的语言，两个生活环境天差地别的人又怎么相守到老？

容貌只是一时的，内涵却是一辈子。

聪明的女人懂得利用婚姻提升自己的内涵，比如潘素，她不但没有贬值成黄脸婆，反而成就了一代才女的名声。

张伯驹爱她的容色，更爱她的才情。

经过调教后的潘素，画艺卓然，并小有名气。连何香凝也毫不吝惜地夸奖："壮美，有气势。"

张大千盛赞："（潘素的画）神韵高古，直逼唐人。谓为杨升可也，非五代以后所能望其项背。"

她与著名画家胡佩衡等合作绘制了《大好河山图》献给毛主席；她还与齐白石合作，绘制了《普天同庆》，庆祝中华人民共和国成立三周年；她的《漓江春暖》得到周恩来总理的称赞，认为"有新气象"；她的山水画《临吴历雪山图》被赠送给了英国首相；另一幅作品《游春图》，则被中国文化代表团赠与日本天皇。

这样一位多才多艺的娇妻，张伯驹如何不爱？她既是他精神上的知己，也是生活上不可缺少的伴侣，他们还是难得的患难夫妻。

神仙眷侣，也是饮食男女

1941年，上海发生了一起著名的绑架案，被绑架者正是张伯驹。

汪伪的一个师长绑架了张伯驹，向潘素索要三百万，否则就要撕票。

张伯驹虽然出身显赫，但这些名声在外的世家不过就是花架子罢了，彼时张家已经败落。况且，张伯驹喜好收藏，家里的现钱大多变成了字画古董。

一般女子遇到这种事，大概早就吓得手足无措，更别说张罗事务了。

潘素这个弱女子却显示出了刚强的一面。

张家的收藏品颇丰，只要随便卖掉一件，就能救人。可是，潘素并没有这样做，她知道这些都是丈夫的心头好，轻易不能动。

她决定变卖自己所有的值钱饰物。丈夫是重要的，丈夫的心爱之物也是重要的。

在张伯驹被绑架的八个月内，潘素没有一刻安心，为了打探更多的消息，她四处奔走，用她变卖首饰的钱，到处打点关系。在她的周旋下，张伯驹的友人们鼎力相助，以四十根金条“赎回”了张伯驹。

这件事之后，张伯驹的朋友纷纷称颂潘素侠肝义胆。

夫妻一体，可叹很多人都不理解这个道理，妻荣夫贵固然令人称羡，祸福同享却更考验人心。

而后的岁月里，无论是张伯驹被打成右派，或是遭遇“文革”摧残，潘素都始终不离不弃地陪在他身边。

潘素对张伯驹十分顺从，尤其是在收藏古董爱好上，从无二话。但有一次，张伯驹看中了别人手上的一幅古画，对方要价不菲，而此时家里没有什么闲钱。

面对张伯驹提出的买画要求，潘素有些犹豫了。

张伯驹见她不答应，急急地辩解了两句。见她仍然没反应，他干脆躺倒在地，像个孩子似的撒泼打滚。

潘素哭笑不得，只能允诺：“拿出一件首饰换钱买画。”

听到这儿，张伯驹立刻从地上翻身爬起来，用手拍拍在身上的泥土，心满意足地回屋去了。

他的粉丝们如果看到这一幕，肯定会大跌眼镜吧！这哪里是个儒雅丈夫，明明是个耍赖的孩子。可是，男人都是大英雄和小孩子的矛盾结合，他在爱人面前，总会露出小孩的一面。

这对夫妻静下来时，就像黄药师与阿衡，琴瑟合奏，只羡鸳鸯不羡仙；他们逗乐时，就像周伯通与红姑，童趣盎然，不是冤家不碰头。

二人婚后四十年，张伯驹已经是八十多岁的老人，女儿接他到西安小住，他竟然对潘素依依不舍，巴巴地为她写诗抒怀。

1982年，八十五岁的张伯驹因病辞世，离开了他相濡以沫的潘素。

潘素哭着自责：“伯驹是好好的，只不过得了感冒。几天不见好，才把他送进医院，他不愿意去，是边劝边哄的。我原以为送他进去就能把病治好，哪晓得我把他一送就送进了鬼门关。”

张伯驹死后，甚至有粉丝跑到北大医院，站在大门口叫骂：“你们医院知道张伯驹是谁吗？他是国宝！”

十年后，潘素追随张伯驹而去。

微疗愈：

好的婚姻，是彼此成全。

她也许不够好，没关系，他细心呵护如温室养花，免她惊，免她扰，免她流离，免她一世孤苦。

他不够好，没关系，妾拟将身嫁与，纵被休，不言羞。

夫妻本一体，荣辱两相关，就像民国证婚词所写的："良缘永结，匹配同称。看此日桃花灼灼，宜室宜家，卜他年瓜瓞绵绵，尔昌尔炽。"

这样的婚姻才是上乘，投桃报李，仿佛是一场春雨，润物无声，花满天下。

赛珍珠：一片故土，一生情牵

——不忘初心，方得始终

一个女人流落异国，会发生什么样的故事？

如果这个女人足够聪明，又刚巧有野心，那么她大概会谱写一出《芈月传》般的传奇，流连人生战场，施展抱负；如果这个女人很美，性情坚韧，那么大概会成为窦太后似的人物，得一人心，白首不离；如果这个女人才华横溢，就算命运多舛，那么也有可能做个蔡文姬，有才情有口碑。

赛珍珠似乎和这些女人都不同。

她聪明，对中国的人情世故体察入微，却没有芈月的男儿胸怀，并不关心政治；她坚韧，从中国到美国，从乡村小镇到繁华都市，她都安之若素，但她却没有窦漪房的美丽，也没有她在爱情上的幸运；她也有才情，一部《大地》将诺贝尔文学奖收入囊中，但她却没有蔡文姬的“好人缘”，现在仍然有很多国人不待见她。

或许这才是赛珍珠的特殊之处，她辗转异国，处境尴尬，但她一直都坚持自我，努力做最好的自己。

橘生淮南则为橘，生于淮北则为枳

赛珍珠的姓是跟随了她的父亲赛兆祥，名字则是她英文名的音译。

她可以算是土生土长的“美籍华人”。赛珍珠不到四个月大就被身为传教士的父母带到了中国生活。

江南风景好，在江苏镇江，赛珍珠度过了她的童年与少年时代。

她说：“镇江是我的中国故乡。”她在这里生活了十八年。

离开美国太久，故乡成了一个遥远的字眼，想起来，会隐隐地牵扯出思念。但更多的时候，她还是安于脚下的土地，这里有她的亲人和朋友。

和镇上的所有小姑娘一样，赛珍珠也穿着花布棉袄，扎着两条麻花辫，快活地和小伙伴玩闹。等回了家，她就缠着奶奶讲各种稀奇的传说和故事，她最喜欢的是“三国”和“水浒”，尤其对一百零八条梁山好汉心生向往。父亲还特意安排她进了私塾，她跟着一位姓孔的老先生学习“四书”“五经”。虽然赛珍珠不是很懂，但也跟着小伙伴一起摇头晃脑地背诵。

这段特殊的经历连同那无忧无虑的童年一起，被赛珍珠深深地铭记于心，成为日后创作的源泉。也正是得益于她对古典传统的学习，赛珍珠有相当的中文底蕴，一口中国话讲得十分流利。

赛珍珠说：“中国的许多地方都让我有家的感觉，而在美国，我却有种离家的感觉。”

她十九岁时回到美国念大学，看到周围陌生的一切，她才发觉自己与臆想中的故乡竟然那么格格不入。

她甚至还扎着两条麻花辫。

为了快速融入她的同学们，赛珍珠刻意改变自己的打扮，留心他们的言行习惯，暗自揣摩，做到“至少表面上仿佛跟她们一样了”。

时间一长，她又开始怀念中国，仿佛那片土地才是她的故乡。

所谓的故乡，不仅仅是血亲与祖籍的溯源，更多的是生于兹、长于兹的牵绊。一直到死，赛珍珠也无法将中国忘怀。

这个白皮黄心的姑娘有过两段婚姻。

1917年，她与第一任丈夫布克结婚。布克是一名传教士，因为他的工作需要，他们夫妻一直生活在中国。

安徽北部的宿县是赛珍珠的第二家乡，一直到她母亲过世，她接到南京大学的聘书，赛珍珠才离开这个古老的小县城。

她在这里待了五年，那些善良的人们让她印象深刻，那部日后闻名世界的《大地》就是取材于这段真实的生活经历。

现在的南京大学校内还留着一栋单门独院的小楼，这是赛珍珠曾经居住过的地方。直到现在，仍然还有成群的游客慕名而来，瞻仰这个用中文写作的美国女作家的故居。

赛珍珠在外文系任教，她每天都兴致勃勃地忙着备课、批改作业，修剪家中花园的大片花草，还积极地参与社会工作，像极了任何一个本土的中国名教授。

徐志摩、梅兰芳、胡适、林语堂、老舍等人都曾是她家的座上客。

在忙碌的工作之余，赛珍珠还做了一件艰巨的工作：翻译《水浒传》。她花费了五年的时间，将《水浒传》这部伟大的作品翻译成了一千多页的英文。为了方便外国人理解，她还把名字改成了《四海之内皆兄弟也》。

这是《水浒传》的第一个英文全译本，在美国很畅销，她为此很得意。

君子之交淡如水

当时的闲文八卦曾传，赛珍珠和徐志摩有过一段“不寻常的关系”。

其实很难将这两个人联系在一起。彼时的徐志摩是风流倜傥的诗人和才子，而赛珍珠呢，当时已经是三十二岁的家庭妇女，相貌平平，又不爱打扮，这两个人之间真的有过不寻常关系吗？

赛珍珠在自己的作品中隐晦地提过，《北京来鸿》里就暗喻她与一位中国友人有过朦胧的情愫。她还写了短篇小说《一个中国女子的话》，讲了一对异族青年男女的罗曼故事，以“影射”她与徐志摩之间的恋情。而在另一篇短篇小说中，也有赛、徐恋情的影子，甚至小说的男主角最后也是死于空难。

这也许是巧合，也许是一点诗意朦胧的回忆，事情的真相如何，已经没有人知道了。

很多人也许不知道，赛珍珠还曾经和林语堂是挚交好友。

有一次，林语堂邀请赛珍珠到家里吃饭，他们谈起了以中国题材写作的外国作家。

林语堂突然说：“我倒很想写一本书，说一说我对我国的实感。”

“那么你为什么不写呢？你是可以写的。”赛珍珠热忱地鼓励他，“你完全可以做到。我盼望已久，希望有个中国人写一本关于中国的书。”

一年后，林语堂的《吾国与吾民》完稿，他拿给赛珍珠看。

赛珍珠连连称赞：“这是伟大著作！”

她亲自给这本书撰写了近四千字的序言，极尽赞美之词：“它实事求是，不为真实而羞愧。它写得骄傲，写得幽默，写得美妙，既严肃又欢快，对古今中国都能给予正确的理解和评价。我认为这是迄今为止最真实、最深刻、最完备、最重要的一部关于中国的著作。”

不仅如此，她还利用自己在美国文坛的影响力，积极推广这本书。

林语堂对赛珍珠充满了感激之情，他在《吾国与吾民》自序中说：“我首先应该感谢赛珍珠女士，她自始至终给我以亲切的激励，付印之前，她替我通篇审阅过我的原稿。”

这是他们的第一次合作，彼此都名利双收。

此后，他们的友谊进入了“蜜月期”。林语堂在美国时，甚至一度带着妻女暂住在赛珍珠宾州的家里，和赛珍珠夫妇相处融洽。

赛珍珠对这个朋友给予毫不吝啬的帮助。从《生活的艺术》的畅销到《京华烟云》的问世，可以说，没有赛珍珠的鼎力相助，林语堂在美国文坛不可能有如此深广的影响，《京华烟云》甚至获得了1975年诺贝尔文学奖提名。

她对林语堂的创作总是大力地鼓励与称赞：“你不知道你的创作是多么伟大。”

看起来，她似乎是一个在文学上没有功利心的人。但就是这样一个人，却因为钱财和林语堂翻脸了。

当时，林语堂想要研制一台中文打字机，他向赛珍珠夫妇借钱，结果遭到了拒绝。

这件事让林语堂有些不快。

搞文学的人都有一种矛盾似的清高，不为五斗米折腰，但一文钱又会难倒英雄汉。这种矛盾在赛珍珠身上表现得淋漓尽致。

林语堂的绅士风度让他很快忘了这点芥蒂，新书《苏东坡传》完成时，他仍然将书稿交给了赛珍珠夫妇的出版社打理。

借着赛珍珠夫妇的帮助，林语堂一共出版了十三部著作，翻译成了十多种不同文字。

然而这种友好的合作关系却戛然而止。

原因很简单，因为钱。一般而言，书的海外版及外文翻译版的版税，原出版公司只抽百分之十，而赛珍珠却抽了百分之五十的版税。

不但如此，按理书的版权应该属于作者，而经由赛珍珠夫妇出版的书，版权却归他们的出版社所有。

林语堂勃然大怒，他说："过了一二十年才发现朋友开书局也是为赚钱的。"

他立刻请了律师办手续，争取自己的著作版权。

赛珍珠夫妇大惊失色，完全不明白他为什么突然翻脸。

赛珍珠打电话给林语堂的二女儿林太乙问："你的父亲是不是疯了？"

二十年后，想起这段往事，林语堂仍然不能释怀："我看穿了一个美国人。我二人的交情，可以说情断义尽了！我决定就此绝交。"

事隔多年，是是非非已经说不清，但赛珍珠和林语堂的友情就此结束。

这不能不让人遗憾。

此心安处是吾乡

尽管赛珍珠有贪利的嫌疑，但她毕竟不是一个市侩的商人，她更多的成就和贡献都在写作上，她是个出色的作家。

《大地》描写了19世纪一个中国农夫挣扎求生存的故事，笔力开阔，一共有三部曲，分别是《大地》《儿子》和《分家》。

鲁迅曾经评价："赛珍珠是爱中国的，她对中国有所了解，只是不如中国人自己了解得深刻。"

这也许是中西文化交融导致的水土不服。

况且，赛珍珠毕竟不是"中国文学守夜人"的角色，她只是一个有着中国生活经历的美国女人，鲁迅对她有所微词也是能理解的。

不过，赛珍珠对于鲁迅这位文化大师倒是十二分的敬重。在鲁迅公开表达对她的轻视之后，赛珍珠特意去请教了一些中国青年作家，对鲁迅的学问、创作和为人都进行了打听，她深表敬佩，对照他那些不客气的批评，她做了认真的反省。

在赛珍珠主编《亚洲》杂志之后，她还特意请人撰写了文章《鲁迅——白话大师》，对外国推荐这位华人作家。她还陆续找人翻译了鲁迅的小说《药》和散文《风筝》，她还高调地称赞鲁迅："也许是第一个意识到：只要把自己的情感与自己的人民结合起来，就能摆脱简单模仿。”

在创作上，她始终还是诚恳的。

在南京大学的那栋小楼，赛珍珠待了十多年的时光。其间，她写下了处女作《放逐》，从此开始了文学创作道路。

也是在这里，她与第一任丈夫结束了十多年的婚姻。

美国接纳了这个身心疲惫的游子，赛珍珠回到了暌违已久的故土，这一次，她再也没有离开，那片厚重的黄土地只能一次次在她梦里浮现。那时的她就像一片逐水而居的浮萍，没有什么东西能给她精神上的依附。她没有故土，没有相互扶持的爱情，没有儿女，她只能自说自话，自己走出一条路。

所幸，她的内心是强韧的。

赛珍珠很快又结了婚，丈夫沃尔什是《亚细亚》杂志的主编。

美国文坛对这位用中文写作的女作家给予了最大的宽容和欢迎，他们喜欢她的作品，喜欢通过那些文字来捕捉中国的影像。

她陆续创作了一些新作品，大多都是以中国农村为背景。她最熟悉的始终是那些远去的人和事，对于美国社会，她不熟悉，也不擅长。

1938年，赛珍珠拿到了诺贝尔文学奖和普利策奖。

她在颁奖词中说：“如果我也不以我本人的完全非官方的方式谈到中国的人民，我就不是真正的我自己，因为多年以来他们的生活也是我的生活，确实，他们的生活一定永远是我的生活的一部分。”

她一直以半个中国人自居，对中国社会的状况和发展很关注。她住在南京时，手边有一份英文杂志，叫《中国评论周报》，她每期必看，而且一页页看得非常仔细。

可惜，她的作品在中国并没有得到最广泛的认可，在多数人眼里，她描写的那片“土地”并不真实。

很长一段时间内，赛珍珠都被中国文学史排斥在外，甚至她本人在中国的待遇也因此受到影响。即使是新中国成立后，文艺界的极左人士仍称她为“美国反动文人”和“美帝国主义文化侵略的急先锋”。

赛珍珠曾经在接受记者访问时说：“一个强有力的政府是和平的唯一希望，但蒋介石因无视农民而失去了他的机会。”

因为这番言论，中国国民党的代表拒绝参加她的诺贝尔授奖仪式。

她的地位如此尴尬。

其实，她不仅难以讨好新中国政府或国民党，她在中国文坛与美国文坛之间同样尴尬。赛珍珠虽然被称为“中国通”，但她不中不西，难以融进任何一方。

她晚年不停地申请回中国看看，但一直没能如愿。

1972年，美国总统尼克松访华。两个月后，赛珍珠也向新闻媒体宣布自己即将访华，但遭到拒绝。

无人得知她此刻的心情。

此后不到十个月，赛珍珠就与世长辞了。

赛珍珠曾说过：“我一生到老，从童稚到少女到成年，都属于中国。”

一直到去世，她心里始终都放不下这份中国情结。

微疗愈：

梦里不知身是客，这句话用来形容赛珍珠再合适不过了。

赛珍珠：一片故土，一生情牵

她一直在寻找认同，既有对中国文化的偏爱，也有对美国本土的留恋。她有过短暂的栖息，更多的时候灵魂都在路上。

女人能被给予的最大认同不是来自于别人，而是自己。

赛珍珠的身份很尴尬，她的成长经历，使得她既不被中国人认同，也不被美国人接受，这样的位置无疑是痛苦而无奈的。但她没有因此而抱怨，反倒借着这些人生阅历，写出了一本又一本畅销之作，成为一个国际知名的出版人。

她已经做得足够好。

朱梅馥：只因是你，我愿生死相依

——爱人之余，学着爱自己

公司里一个与我交好的女孩准备结婚，对方是相识二十多年的邻家大哥哥。

我问她：“你不会觉得乏味吗？两个人太熟悉，就像左手和右手一样。”

她娇嗔地瞪了我一眼，笑道：“你的左手会离开你的右手吗？”

婚礼上，她一身白纱，妩媚动人地站在新郎旁边，看上去郎情妾意，珠联璧合。

我突然有点羡慕了。

青梅竹马，两小无猜，这大概是中国最典型的爱情模本了。比如林妹妹和宝哥哥，同床而寝，同桌而吃，一路拌嘴吵架，一路懵懂天真，有哭有闹，也有笑有喜，那是彼此最好的时光。

每段感情都会有瑕疵

民国时也很流行青梅竹马的恋情，傅雷和朱梅馥就是最有代表性的一对。

朱梅馥比傅雷小五岁，两个人自小一起长大，这个清秀腼腆的小姑娘很喜欢跟着表哥玩。如果大人给了她一些零嘴，比如饼干和糖之类的，她也都给傅雷留着。

女人似乎生来就有一些母性，当她爱上一个男人，她就会不自觉地像宠爱孩子似的宠爱他。朱梅馥对傅雷就有一种全然迁就的宠爱。

傅雷四岁的时候，父亲傅鹏飞受人陷害，含冤而死。随后不到一年的时间，他的两个弟弟和一个妹妹也相继夭折。他曾说他的童年“只见愁容，不闻笑声”。

母亲把所有的希望都寄托在傅雷身上。他小时顽皮，不肯好好念书，母亲失望之下，竟然把他像粽子似的包裹起来，打算扔到水里淹死他。还有一次，傅雷读书时打盹，母亲不惜用滚烫的蜡烛油烫他。他的整个童年都充斥着严苛和暴力，作为表妹的朱梅馥自然全部看在眼里，她对他充满同情。

女大十八变，朱梅馥一路从上海教会女校念到高中，此时的她已经是个亭亭玉立的大姑娘了。她天生丽质，随着年纪的增长又多了一分端庄，得到不少同学的爱慕。

傅雷也爱上了这个小表妹。她不仅温柔甜美，还冰雪聪明，纤纤十指能够把贝多芬的《命运交响曲》弹奏得如行云流水。

他们相爱了。

“她在偷偷地望我，因为好多次我无意中看她，她也正无意地看我，四目相触，又是痴痴一笑。”傅雷在处女作《梦中》这样描述他们之间的恋情。

恋爱带来的悸动是甜美而新鲜的，两个年轻的心紧紧地连在一起，不愿分开。

没多久，傅雷出国留学，二人不得不分隔两地。在双方家长的主持下，他们定下了婚约。

这一年，傅雷十九岁，朱梅馥仅仅十四岁。

法国以它特有的浪漫欢迎了傅雷。他就像走进了一个全新的世界，无处不惊奇，无处不美丽，他很快沉浸在这美丽的新世界。

可能傅雷自己也没有想到，腼腆如他，居然也会拥有一场异国恋。

他认识了一个叫玛德琳的姑娘，她有一双会说话的迷人的眸子，有着敏锐而出众的艺术天赋，有着梅表妹不具备的热情、浪漫、刺激和冒险。

这一切对于傅雷来说都具有非凡的魅力。

傅雷在传记中说："这两个姑娘就像一幅莫奈的画与一轴母亲手中的绢绣那么不同。"

好友刘海粟目睹了傅雷这场三人之恋，他说："两人频繁接触中，感情逐渐炽热起来。尽管傅雷早就爱上了朱梅馥，但现在面对有着共同爱好的玛德琳，他觉得，这位迷人的法国女郎，要比表妹可爱多了。"

权衡再三，傅雷决定向玛德琳求婚，于是他给家里写了一封信，要求解除和朱梅馥的婚约。他决定分开自己的左手和右手。

每一段青梅竹马的感情背后，肯定要经历一次类似的考验和波折。毕竟，在漫长的岁月里，太过熟悉的两个人容易产生审美疲劳，红玫瑰变成蚊子血，白玫瑰变成饭黏子，我们开始惦记那个暂时还没有得到的。

总有一个人会心痒，会跃跃欲试地换个人爱。但是没关系的，断臂舍身之后，他或她总会明白，有些东西已经不能割舍。

傅雷还有几分理智，他迟迟下不了决心将那封信送出去，朱梅馥毕竟是他整个青春年少的美好。

他把信给了刘海粟，委托他寄回去。

男人有时候自欺欺人得可笑，难道傅雷认为，信不是他寄的，朱梅馥受的伤害就会少一点吗？

让人啼笑皆非的是，玛德琳拒绝了傅雷的求婚，她是萨特和波伏瓦的追随者，拒绝走进婚姻的坟墓。

传统的傅雷自然接受不了这样的爱情观念。他是竹篮打水一场空，柔情蜜意都扔给了一腔春水。

傅雷的老朋友刘抗先生说："玛德琳弄得他在极度失望之余，几乎举枪自尽。"

这个男人真是可悲又可怜。

他悔恨之余，对那封寄回家的信懊恼不已。

就在傅雷辗转反侧、左右为难的时候，他意外得知了一个消息：刘海粟并没有寄出那封信。

原来，刘海粟并不看好他的这段异国恋，不愿见到傅雷和表妹的婚事轻易被毁，他扣下了那封信。

傅雷长长地舒了一口气。

很难说清楚这时候傅雷的心里是愧疚居多，还是侥幸居多。因为刘海粟的先见之明，他没有陷入两头空的尴尬境地，内心应该是侥幸的。

这种侥幸是人之常情，却也难免让人失望。

傅雷说："我痛定思痛，更觉梅馥的可爱。"这话在此情此景下，免不了带着一股子浅薄的虚伪。

婚姻的真谛是宽宥

然而，朱梅馥并不知道这些。1932年，二十四岁的傅雷学成归国，朱梅馥和他举行了一场隆重的婚礼。

在柴米油盐的生活里，傅雷更加感到了朱梅馥的可贵，她贤惠温柔，给了他一个舒适安逸的家庭生活。

婚后不久，他们的第一个孩子不幸夭折。同年，傅雷的母亲也因为风湿病去世。

这些变故让傅雷措手不及，尤其他自幼对寡母孝顺依恋，母亲的故去让他悲恸不已。朱梅馥以一个女人强大的母性包容并安慰他，她陪他熬着；她怜惜他丧母，倾力照顾他；她一手包办了所有事务，人前人后地打理。

尽管她才是这个家庭里需要被怜惜和保护的一方，尽管她只是个弱女子。

这似乎奠定了他们小夫妻相处的模式，她一味地付出和奉献，他只负责接受她给的好。

当初傅雷的母亲同意这门婚事时，她就说："（朱梅馥）文静、温柔、善良，跟所有人都相处很好，是个天生的、伺候自己儿子的女人。"

傅雷用法文称呼妻子为"玛格丽特"，称赞她像歌德《浮士德》里的玛格丽特，美丽而温柔，以自己的容忍化解一切，不给他增添任何烦忧。

他懂得她的可贵和难得。

从照片上看，少年时代的朱梅馥还带着青涩和俏丽，结婚之后，她变得越来越温润、和善，就像一颗越磨越光亮的珍珠。

朱梅馥：只因是你，我愿生死相依

大家都称呼朱梅馥为“菩萨”，因为她性情好，将傅雷照顾得无微不至。

相反，傅雷的外号是“老虎”，因为他的坏脾气是出了名的。客观来讲，傅雷才华出众，耿直善良，但心理却不够阳光和健康。因为童年的遭遇，他认为：“生活往往是无荣誉无幸福可言的，是在孤独中默默进行的一场可悲的搏斗。”

当着朱梅馥，他总是肆无忌惮地发火，有时候甚至动手打她和孩子。朱梅馥总是忍着，她体谅他性情暴躁，可是当他打孩子的时候，她就心痛了，左右为难地哭。

就算流泪，她还要避开丈夫，不愿意给他增添任何烦忧。

连傅雷的两个儿子都说：“她是无名英雄。没有妈妈，就没有傅雷。”

朱梅馥事事都以丈夫为先，在婚姻里，她似乎没有了个人喜好。只要是傅雷想做的，她就忙着去张罗。

傅雷说没有规矩不成方圆，在家里自己定了“家规”，比如吃饭时不许讲话；咀嚼时不许发出很大的声响；用匙舀汤时不许滴在桌面上；吃完饭要把凳子放入桌下，以免影响家中“交通”；等等。朱梅馥都是很认真地执行，并且督促两个孩子去做。

傅雷喜欢音乐，她就常常为他弹奏；傅雷爱花，她就时常陪他半夜起来，打着手电筒，在小花园里进行嫁接实验。

她从心底里崇拜并信服自己的丈夫。

除了在生活上照顾他，朱梅馥对傅雷工作上的帮助也功不可没。傅雷的文稿多，杂乱无章，每一篇几乎都需要朱梅馥帮忙整理，她把文稿一一排序，然后再一笔一画地誊抄下来，字迹端正娟秀，一丝不苟。

据说就连傅雷给儿子傅聪写的信，每一封她都要先誊抄留底，然后再亲手寄出去。

用傅雷自己的话说："自从我圆满的婚姻缔结以来，因为梅馥那么温婉，那么暖和的空气一向把我养在花房里……"

朱梅馥对待丈夫，就像一个溺爱孩子的母亲，哪怕是他做错了事，她也选择默默地包容。或许，傅雷正是看透了这一点，才一次次有恃无恐地出轨。

儿子傅聪两岁时，傅雷去洛阳考察。离开妻儿，他思念之余，也有一些获得自由的窃喜。

不久，傅雷遇到了一个汴梁姑娘，二人暗通曲款，有了私情。据说，傅雷为那姑娘拍了照片，还寄给了老友刘抗，他不无得意地说道："你将不相信，在中原会有如是娇艳的人儿。那是准明星派，有些像嘉宝……"

那个汴梁姑娘喜欢唱豫剧，傅雷为此迷醉，还为她写诗："汴梁的姑娘，你笑里有灵光。柔和的气氛，罩住了离人——游魂。汴梁的姑娘，你笑里有青春。娇憨的姿态，惊醒了浪子——醉眼。"

不过此时的傅雷还是理智的，他认识到朱梅馥是旁人无法取代的。他向刘抗解释："是痴情，是真情，是借他人酒杯浇自己心中的块垒！——不用担心，朋友！这绝没有不幸的后果，我太爱梅馥了，绝无什么危险。我感谢我的玛德琳，帮我渡过了青春的最大难关，如今不过当作喝酒一般寻求麻醉罢了。"

这样的解释多么苍白无力，就像一个出轨的男人口口声声对妻子说：我不爱她，我只是一时受了引诱。有什么区别呢？结果还是他背叛了自己的婚姻。

也许这样的风流韵事在民国再正常不过，总之，她选择了宽容。

生同衾，死同穴

不过，他们很快又迎来了婚姻中的七年之痒，傅雷再次出轨了。

这一次，傅雷爱上了一个女学生的妹妹。儿子傅聪后来说道："她真的是一个非常美丽、迷人的女人，像我的父亲一样有火一般的热情，两个人热到了一起，爱得死去活来。"

三十刚出头的傅雷彻底陷入了感情的迷途，他甚至不顾一切，放下手中的译作，跑去云南昆明找那个姑娘。

他狂热地说："没有她，就没有工作的灵感与热情。甚至，没有她，我就要没了命。"

或许男人都是这样的，当他为爱昏头的时候，什么都能成为荒谬的借口。难道之前几十年他就没有命吗？他就没有工作的灵感和热情吗？

不过是他厌倦了蚊子血而已，他渴望新鲜和刺激。他甚至连工作也不顾了，完全换了一个人，整天只知道写信抒情。

朱梅馥让步了。

看着日渐消瘦的傅雷，她做不到无动于衷。

她把那个女人请到家里，热情地招待她，让她住下来。

傅雷每天和她谈话、唱歌、交换信札——即使每天见面，他们仍然要通信。

“我父亲从来不对她说一个‘爱’字，可是除了那个字以外，所有的谈话都是心中的热情。只有在信里，他们吐露真切的爱情。”

傅雷重新焕发了活力，而那个女人脸上也带着春天的明媚，只有朱梅馥一个人，独自在无人的地方默默流泪。

她甚至做了决定，如果傅雷选择那个女人，她就自己带着孩子悄悄地走。

因为朱梅馥觉得傅雷爱那个女人，而那个女人能给傅雷她给不了的东西。为了傅雷好，她愿意退出。

不知道该斥责朱梅馥愚钝，还是该称赞她的无私。女人的爱有时候就是这么盲目。

朱梅馥说：“我爱他，我原谅他。为了家庭的幸福，儿女的幸福，以及他孜孜不倦的事业的成就，放弃小我，顾全大局。”

她爱他什么呢？爱他的苦难童年？爱他的才华横溢？爱他的赤子之心？还是爱他的耿直刚正？爱他的善良敦厚？爱他的狂狷不羁？

但是谁也不能否认这份爱。她爱到愿意为他付出一切。

朱梅馥的隐忍折服了那个女人，她选择了退出。

1966年“文化大革命”来临。9月2日的夜晚，在红卫兵连续不断的抄家和凌辱后，傅雷“就像一个寂寞的先知、一头孤独的狮子，愤慨、高傲、遗世独立，绝不与庸俗妥协，绝不向权势低头”。

他绝望地选择了自缢，身边是陪他共赴黄泉的朱梅馥。

对于朱梅馥的死，很多亲友都觉得意外。施蛰存说：“朱梅馥能同归于尽，这却是我想象不到的，伉俪之情，深到如此，恐怕是傅雷的感应。”

儿子傅聪也悲伤地说：“我知道，其实妈妈在任何情况下都可以忍受得过去……”

以傅雷刚硬的性格，当时以死明志是最好的选择。但朱梅馥不同，她是人人称赞的活菩萨，不管多艰难、多委屈，她都能把眼笑成一弯月牙，熬过去。

可是她不愿意一个人独活。

朱梅馥曾经对傅雷说过：“为了不使你孤单，你走的时候，我也一定要跟去。”

从十九岁满心欢喜地嫁给心爱的人，到五十三岁双双携手平静离世。她实现了自己的诺言。

微疗愈：

杨绛曾经评价朱梅馥，称她是“温柔的妻子”“慈爱的母亲”“沙龙里的漂亮夫人”“能干的主妇”，还是傅雷的“秘书”。

一个女人能成功地兼容这么多角色，并且将每个角色都演绎到完美，多么难得。

爱人是一种能力，爱自己也是一门功课。

很多婚姻不如意的太太都会抱怨：我全心全意对他，他为什么就不知好歹呢？有多少女性在“全心全意”上栽了跟头，朱梅馥又何尝不是？她的爱情真的圆满吗？她全力以赴，他却未必一心一意。

所以，爱一个人最多只能到七成，余下三成一定要用来爱自己。

张爱玲：停留是刹那，转身即天涯

——放下过去，非我薄情

我有一个好友，她花了四年时间去暗恋一个人。

暗恋是一种什么样的体验？是把自己放在最卑微的位置，是远远地遥望一个人，是打落牙齿和血吞，是一阵风一阵雨都让你想起他。

那个男人结婚的时候，她送了一个大红包，不无心酸地在红包背面写：“见了他，她变得很低很低，低到尘埃里，但她心里是欢喜的，从尘埃里开出花来。”

她没有署名。

这句话是张爱玲的，她把这句话写在送给胡兰成的照片背面，她当时正卑微地爱着他。

这是多少女人的心声，得不到，放不开。

再冷情的女人，也有动心的时候

张爱玲的文字永远那么老辣，一针见血，一刀封喉，连她写的情话都这样泾渭分明，你是你，我是我。

但高冷如她，也一样会陷于爱情，不能脱身。

张爱玲的童年很不圆满。她的父亲张志沂，字廷重，出身名门，不学无术，是个典型的纨绔子弟；而她的母亲黄逸梵是军阀小姐，富足显赫。二人婚姻看上去琴瑟和鸣，极其登对，其实南辕北辙。

婚姻有时候挺像一只绣花枕头，外表的光鲜华丽是给别人看的，而里头的败絮和龌龊，则留着恶心自己。

幸福就是一道选择题，看你是选择里子还是面子了。黄逸梵显然是不愿意成全别人折磨自己。她丢下一双儿女，选择了出国游学。

此后，这个没有了女主人的家很快衰败下去，张廷重变本加厉地吸鸦片、嫖妓、与姨太太打架，弄得声名狼藉，最后丢了官。

在张爱玲八岁的时候，母亲回国了，很快和父亲办理了离婚手续。

张爱玲的后母孙用蕃是上海名媛，但自古继母就是个尴尬的角色，而此时的张爱玲已经十四岁，一个浑身是刺的年纪，两个人相处得很不愉快。张爱玲在小说里控诉："当时捡继母剩下的衣服穿，永远不能忘记一件暗红的薄棉袄，碎牛肉的颜色，穿不完地穿着，就像浑身都生了冻疮，那样的憎恶与羞耻。"

过了这么多年，那些零星的小事落在字里行间，仍然透着一股不能释怀的心酸。

张爱玲后来与继母撕破脸，她打了孙用蕃一耳光，从家里逃出去，投奔她的母亲。然而，在和母亲一起生活时，张爱玲又很快发现，“这时候，母亲的家不复是柔和的了”。

她在散文里写过一个小细节：黄逸梵送她去香港的女校念书，她当时对这种从未有过的母爱体验觉得异常新奇，学着新小说里的做派，伸手向母亲讨零花钱，黏着母亲撒娇。黄逸梵极其厌恶，她接受张爱玲的投奔本来就有投资的成分，犹豫这个女儿是否值得自己劳心劳力，而张爱玲对亲情幼稚的臆想让她感到不耐烦和失望。

这时候的张爱玲刚刚成年，然而她以一个少女特有的敏感领教了生活的炎凉，从此以后，她似乎谁也不信任了。

但是，她却信任胡兰成。

和张爱玲没落的贵族身份相比，胡兰成只是一个出身贫穷的潦倒文人，市侩而精明。

胡兰成有个发妻，因为贫病过世了，他当时只是个穷教书匠，连丧事都办不了，四处借钱，碰了很多壁。

他回忆说：“我对于怎样天崩地裂的灾难，与人世的割恩断爱，要我流一滴眼泪，总也不能了。我是幼年时的啼哭，都已还给了母亲，成年的号泣，都已还给了玉凤，此心已回到了如天地之仁！”

他变成了一个没有心的人。

认识张爱玲的时候，胡兰成一路摸爬滚打，在汪伪政府任职，是个生活优渥的中年男人。

有一天，他收到苏青寄来的杂志，那是杂志《天地》的第十一期。他躺在藤椅上随意翻看，一眼看到了张爱玲的《封锁》。

他细细地读了一遍又一遍，被作者的才情倾倒，对张爱玲这个人起了好奇心。

胡兰成立刻写了一封信给苏青，对张爱玲的小说大加赞许，表示自己想要结识作者。

苏青回信说，作者是位女性，才分颇高。

这更加勾起了胡兰成的好奇。不久，他又收到苏青寄来的《天地》第十二期，上面刊登了张爱玲的文章和她的照片。

胡兰成铁了心要结识张爱玲，他回到上海之后，找到了苏青，提出要以一个读者的身份去拜见张爱玲。

苏青拒绝了。她和张爱玲算得上朋友，知道她不喜欢这种交际。

胡兰成坚持己见。

他说："我只觉得世上但凡有一句话，一件事，是关于张爱玲的，皆成为好。"

他全然忘了自己又结了婚，是个有妇之夫。

苏青迟疑了一会儿，还是把张爱玲的地址给了他：静安寺路赫德路口192号公寓6楼65室。

胡兰成如获至宝，他兴致勃勃地去了张爱玲的家。可是张爱玲拒绝，连门都没有为他开。

她果真不见生客。

胡兰成仍然不死心。他从门缝里递进去一张字条，写了自己的拜访原因及家庭住址、电话号码。

他说："乞求爱玲小姐方便的时候可以见一面。"

第二天，张爱玲打了电话给胡兰成，说要去看他。

其实张爱玲是知道胡兰成的。早前，胡兰成因得罪汪精卫被关押，苏青为他去找周佛海说情，作陪的就是张爱玲。

见了面，胡兰成说：“与我所想的全不对。”

他第一印象是张爱玲的个子高，坐在那里，看着幼稚可怜，不像是个作家，倒像个未成熟的女学生。

他们聊了五个小时，从品评时下的流行作品，到问起张爱玲每月写稿的收入。

这种自来熟的亲密，他不觉得尴尬，她也不觉得突兀。

胡兰成送张爱玲到弄堂口，并肩走着。他忽然说：“你的身材这样高，这怎么可以？”

只这一句话，就忽地把两个人的距离拉近了。

这话透着说不出的亲昵和试探。张爱玲很诧异，几乎要起反感了，但她终究没有。

第二天，胡兰成去回访张爱玲。

她的房间华贵到让他不安。胡兰成形容：“三国时刘备进孙夫人的房间，就有这样的兵气。”

那天，张爱玲穿了一件宝蓝绸袄裤，戴了嫩黄边框的眼镜。

那种摩登、明艳和妩媚，一下子就让胡兰成迷了眼。

他只见识过乡野里不修边幅的大姑娘，面对这样的张爱玲，他脑子里只浮现出“仙姿盛大”四个字。

这年，张爱玲二十四岁，她和三十八岁的胡兰成相爱了。

虚妄的爱只是香格里拉

他在南京办公，一个月回一次上海，住上八九天。这时，他就会去张爱玲的寓所，两个人喁喁私语。

很多人怀疑，为什么张爱玲会选择这样一个人？他年纪比她大，身份尴尬，私德有亏，甚至连文才也不如她。

可是谁也不能否认，就是这样的一个人，他懂得张爱玲。

就像胡兰成自己说的："因为懂得，所以慈悲。"

张爱玲性情乖张，一般人很难和她亲近，更别说谈天说地。

天才总是孤独的，就算是她肯走下神坛，和常人聊聊，对方恐怕也不知所云。而胡兰成是出了名的会说话，更重要的是，他能说到张爱玲的心坎上。

他们两个人躺在床上聊天，胡兰成忽然说张爱玲的脸酷似"白描的牡丹"，张爱玲很喜欢，觉得他形容得很准确，后来把这个写进散文里。

要知道，张爱玲生得并不好看，胜在气质。她自己都说："我弟弟生得很美，而我一点也不。"

胡兰成这话既说了她皮肤白皙，夸她气质富贵，又并不隐瞒她五官平淡的事实。

张爱玲不生气，而且觉得欢喜，这也是极欣赏他说话之道的缘故。

真话向来都是不讨人喜欢的，假话又显得浅薄，只有真真假假、虚虚实实才能皆大欢喜。

胡兰成在张爱玲的寓所过夜，清晨离开时，她要他悄悄出门，不想让姑姑听到动静。他却偏偏放重脚步，弄出声响。

张爱玲竟然也不恼，她愿意相信这个男人一切都非故意，一切都是真心。她虽出名早，心气高，对于不相干的人事，倒不喜欢张扬跋扈。但胡兰成不同，他是恨不得向天下人昭告自己的每一次胜利，连感情也不例外。

他故意把自己和张爱玲的关系透露给她姑姑；他拿着她珠光宝气的照片去跟军阀的朋友炫耀；他四处炫耀张爱玲显赫的家世。

这都是张爱玲自己不爱做的事，但胡兰成做了，她却也满心欢喜。

她从小缺乏父爱，也没有享受到母亲的疼宠，在遇到胡兰成之前，她几乎没有被人捧在手心里疼爱过。

就算胡兰成的真心有限，但这份把自己捧在手心里的招摇姿态却让她感动。

她在一封信中对胡兰成说："我想过，你将来就是在我这里来来去去亦可以。"

她明知他有家室，但她宁愿委曲求全，不做计较。

1944年8月，胡兰成还是与第二任妻子离了婚。

张爱玲顺理成章地嫁给了他。

没有任何法律程序，没有婚礼，胡兰成只给了张爱玲一纸婚书："胡兰成与张爱玲签订终身，结为夫妇。愿使岁月静好，现世安稳。"

张爱玲是真的用了心。她自己童年不幸福，对婚姻有种本能的畏惧，况且她成年后就对人性不再抱有任何幻想，可是她竟然肯答应嫁给胡兰成。

他们有过一段美好的岁月，张爱玲的很多名篇都写于这个时期。那篇脍炙人口的《爱》还是取材于胡兰成庶母的真实故事。

他们的幸福很短暂，因为时局变动，作为汪伪政府的官员，胡兰成要离开上海。

胡兰成说："将来日本战败，我大概还是能逃脱这一劫的，就是开始一两年恐怕要隐姓埋名躲藏起来，我们不好再在一起的。”

张爱玲笑道：“那时你变姓名，可叫张牵，或叫张招，天涯海角有我在牵你招你。”

年底，胡兰成就逃到了武汉。

当时各方势力混战，常有警报和空袭。一天，胡兰成在路上遇到了轰炸，人群一片慌乱，他跪倒在铁轨上，以为自己快要炸死了，绝望中，他只喊出两个字：“爱玲！”

也许，那一刻他有过一点真心吧。

但胡兰成的真心到底是微薄的，他很快和汉阳医院一个十七岁的护士周训德好上了。

他娶了周训德，办了一个小小的婚礼。

张爱玲并不知情，她照旧给胡兰成写信，给他汇钱。她絮絮叨叨地讲述生活中的一切琐事，而胡兰成也并不拒绝。

次年3月，胡兰成回到上海。他在张爱玲处住了一个多月，这时他才将自己的婚外恋娓娓道来。

他丝毫不避讳在张爱玲面前提及周训德，言词中有些自得。他似乎吃定了张爱玲。

果然，已经爱到尘埃里的她，选择了接受。她恨男人的三心二意，恨男人的薄情寡义，但为了胡兰成，她都忍了。

就这样，胡兰成在张爱玲和周训德之间周旋，坐享齐人之福。

日本投降以后，胡兰成的日子更难过了，他逃到了浙江，化名张嘉仪，称自己是张爱玲祖父张佩纶的后人。

不知道那一刻他有没有想到张爱玲，想到她曾经戏言的“张招”或“张牵”。

既选择分手，就绝不回头

落难的胡兰成投奔到斯家。斯颂德是他的高中同窗，胡兰成年轻时就曾寄居过斯家。

斯家的男主人已经过世，家里由主母打理。斯家还有个庶母范秀美，大胡兰成两岁，很有些姿色，斯家人安排胡兰成去范秀美的娘家避难，由范秀美相送。

这一路，二人很快勾搭上了，对外都宣称是夫妻。

胡兰成沉浸在温柔乡，只怕早就忘了远在上海的张爱玲。

深情女子薄情汉，张爱玲半年没见胡兰成，不放心他的境遇，竟然一路寻着来到了温州。

在张爱玲后来的小说里，她隐隐约约地提到了这段旅程。她是生在上海、长在上海的名媛，哪里吃过这样的苦头？

可惜这个男人并不领情。

他们在旅馆见了面。胡兰成并不提他和范秀美的风流韵事，只说是照顾他的朋友，可是女人的第六感是何等敏锐？张爱玲心里隐隐有了不好的预感。

一个清晨，胡兰成陪张爱玲在旅馆说着话，他肚子痛，出于一些原因，他没有吭声。等范秀美来了，他却大剌剌地嚷嚷自己不舒服，就像个撒娇的孩子，范秀美笑着哄他，言语和动作都很熟稔。

张爱玲本来就敏感，看到这一幕，心里涌起一阵伤感。胡兰成和范秀美的表现亲密无间，外人根本插不进去，张爱玲觉得自己才是“第三者”或是客人。

还有一次，张爱玲夸范秀美长得漂亮，要给她作画像。她在一旁画，胡兰成在一旁看，画到一半，张爱玲突然扔了笔，神情落寞。

范秀美走后，胡兰成一再追问，张爱玲说道："我画着画着，只觉得她的眉神情，她的嘴，越来越像你，心里好不震动，一阵难受就再也画不下去了。"

她分明看出了二人的关系，只是自欺欺人不肯说破。真让人心酸，这爱已经低到了尘埃里，却没有开花。

离开温州的时候，胡兰成送她。天下着雨，张爱玲叹道："我想过，我倘使不得不离开你，亦不致寻短见，亦不能够再爱别人，我将只是萎谢了。"

他们的联系渐渐少了，但张爱玲依旧给他汇款，怕他在流亡中受苦。

有一次，胡兰成路过上海，危难中仍旧来看了张爱玲。

他们的谈话并不愉快。他像往常一样，用卖弄的口吻炫耀他为周训德写的一篇《武汉记》，又提起自己与范秀美的事，张爱玲的反应十分冷淡。

当夜，二人分室而居。第二天清晨，胡兰成去张爱玲的床前道别。

他俯身吻她，她伸出双手紧抱着他，泪水涟涟，哽咽中只叫了一句"兰成"，就再也说不出话来。

这就是二人最后一次见面。

几个月后，张爱玲给胡兰成写了一封分手信："我已经不喜欢你了，你是早已经不喜欢我的了。这次的决心，是我经过一年半长时间考虑的。彼惟时以小吉故，不欲增加你的困难。你不要来寻我，即或写信来，我亦是不看的了。”

她随信还附上了自己的三十万元稿费。到底还是女人心软。

胡兰成曾写信给张爱玲的好友炎樱，希望她从中帮忙，挽回这段感情。但张爱玲没有理他，炎樱也没有理他。

不知道是不是胡兰成太过自信，张爱玲这样硬的性子，怎可能再回头？她当然还是爱他的，可是她的自尊和骄傲根本不允许她妥协。

和她的决绝相比，他的撩拨显得多么苍白可笑。

微疗愈：

谁年轻的时候，没遇到过个把人渣？但到底是继续跟人渣纠缠，还是果断抽身，就需要看你的内心是否强大。

张爱玲虽然孤傲，她对胡兰成的情深，却不亚于我们身边的任何一个小女人。可见，女人总是更容易被情所困，但张爱玲很决绝，当断则断。

我们都该有这样强大的内心，当对方的爱已不复存在，再痛再恨也要理智地脱身出来。他如雨露，既然无情，你低到尘埃以下也开不出花来，只能腐烂成泥，还不如早早离去。

夏梦：世人都爱画中仙

——想要的永远在骚动，被爱的都有恃无恐

我们高中的班草一直暗恋同年级的一个美貌女学霸，这在班里是公开的秘密。从高一到高三，再到女学霸出国念大学。四年后心上人归国，他以为机会来了。

好不容易等到一个见面的机会，以为可以趁机表白：“ss，我有话想跟你说。”

美貌女学霸莞尔一笑：“我男朋友马上到了，我们待会儿再说。”

她连表白的机会都没给他。

求而不得应该是爱情里最痛苦的一种，比如岳灵珊之于令狐冲，比如杨过之于程英，比如小龙女之于尹志平。

金庸尤其懂这种痛，他心里盖着一栋铜雀台，里面住着得不到的人。

美人如花隔云端

最近有好事者在网络上比较电影和电视剧里几个版本小龙女的优劣：这位美貌如花，那位清冷脱俗，还有的明艳动人……

其实，不管是哪一个版本的小龙女，都各有其美。但在金庸的心目中，他的小龙女永远只有一个，那就是夏梦。

夏梦原名杨濛，出生在上海一个文艺家庭，父母都是票友，她自小就对演戏和唱歌耳濡目染。

十四岁时，她随家里迁居到香港。

夏梦的名字来源于莎士比亚的戏剧名《仲夏夜之梦》，她热衷于戏剧表演，尤其爱莎士比亚的作品。

夏梦从小就是美人，艳而不媚，娴雅大方，加上身材高挑，大家都夸她是“上帝的杰作”。她是香港公认的西施。

金庸说：“西施怎样美丽，谁也没见过，我想她应该像夏梦才名不虚传。”

李翰祥也说：“夏梦是中国电影有史以来最漂亮的女演员，气质不凡，令人沉醉。”

相貌出众的夏梦天生是做演员的料子。早在玛利诺书院读书时，她就参加了《圣女贞德》等舞台剧的演出，反响热烈。

十七岁的时候，她顺理成章地进入了长城影片公司。因为她读过书，谈吐优雅，加上人又聪颖灵慧，扮相俏丽，所以，很快在银幕上大放光彩。

她参演的第一部影片是《禁婚记》，初出茅庐的她将一个离婚少妇的形象演绎得极为讨喜，上映后广受欢迎。她因此蜚声影坛，得到导演和公司的重视，陆续在长城电影制片有限公司主演了四十多部影片。

人永远是视觉性动物，不管什么时候，漂亮都是女人最大的资本。但不是每个女人都能运用自如，将这种资本发挥得恰到好处。张扬如红颜祸水，反而成了一种罪过；平庸如荆钗布裙，可惜成了一种糟蹋。

最恨恃靓行凶，也恨明珠蒙尘，美是一种本事。

夏梦的美是恰到好处，没有过多的张扬，也没有半分的浪费。

她艳若桃李，不论时装、古装、戏曲电影都能胜任，堪称国语片的全能演员。而且她的美丝毫不轻佻，看看她的照片，总有一股清冷的高贵和优雅。夏梦也的确是个敬业的演员，十分爱惜名声，几乎没有绯闻。知道自己的美，并且珍视和保护，这才是一个聪明女人该有的态度。

当时的新闻评论她："夏梦有着清新的笑颜，良好的教养，她是左派电影业的一段缩影。她不仅在银幕内外的风度令人倾倒，而且语通中外，学及古今，博览群书。"

她不是徒有外表的花瓶。每个女人都应该知道，美丽并不是一种成功，只是一种让我们获得成功的助力。

夏梦渐渐成为长城电影制片有限公司最受欢迎的女演员之一，与石慧、陈思思合称"长城三公主"。夏梦则是最受瞩目的"大公主"。

为了这位大公主，1957年，金庸加入香港长城电影制片公司，做了一名编剧。

金庸当时已经是名动香港的大才子，他不惜屈尊降贵，跑到影视公司去做编剧，只是为了亲近佳人。

金庸对夏梦爱慕不已，倾心拜倒，完全被她迷住了。他曾说：“生活中的夏梦真美，其艳光照得我为之目眩；银幕上的夏梦更美，明星的风采观之就使我加快心跳，魂儿为之勾去。”

才子和佳人，自古就是爱情故事的标配。他才华横溢又风度翩翩，出身也不差，见美心喜，自然起了一些小心思。

据金庸的一位知友说：“他爱夏梦如痴如醉，但难于在生活中见到夏梦，才想到了‘加盟’这个绝招。”

对此，金庸开玩笑地说：“当年唐伯虎爱上了一个豪门的丫鬟秋香，为了接近她，不惜卖身为奴入豪门，我金庸与之相比还差得远呢。”

金庸化名“林欢”，为夏梦度身定制了一部剧本，也就是她的代表作《绝代佳人》。

单从片名上看，金庸的爱意就昭然若揭。

这部影片让夏梦拿到了当年的文化部优秀影片一等奖。

听起来，这桩爱情故事有个不错的开头，按照剧本的发展，就应该是郎情妾意，日久生情，最后博个花好月圆的大结局。

可惜生活永远不尽如人意。多年后，面对好事者的追问，夏梦回答：“我和金庸，其实不如不说。”

分明是襄王有心，神女无意。

恨不相逢未嫁时

其实，夏梦早在二十二岁的时候就嫁给了丈夫林葆诚。他是圣约翰大学的毕业生，酷爱艺术，后来做了商人。

夫妻俩都喜欢电影，常常一起讨论，他偶尔也会帮着夏梦挑选剧本。

夏梦忠于夫君，对来自四面八方的许多爱慕追求者都一律拒绝。

金庸的这份爱慕注定是没有结果的。

还君明珠泪双行，恨不相逢未嫁时。

以夏梦的聪颖，她很快察觉到了金庸的情意，但她并没有斩钉截铁地拒绝。一来，她个人非常喜欢金庸的人品才学；二来，两个人在同一家电影公司，日常接触是难免的。况且，金庸和她在电影拍摄上还有很好的合作。因此，尽管她没有接受金庸的爱，但两个人的关系还是十分友好的。

金庸与夏梦还有过一次约会。

那是他主动邀约，夏梦破例答应了。

在咖啡店幽柔的灯光下，小提琴的乐音如泣如诉，金庸按捺不住，借着酒意向夏梦倾吐了自己的爱慕之情。

美好的氛围给这份浪漫增添了一丝伤感，夏梦听了极为感动。

才华横溢的青年，又正当年纪，谁不喜欢呢？夏梦的追求者不计其数，但用心如金庸者，恐怕也不多见。

夏梦不是没有动心。她一向仰慕金庸才学，对方又对她如思如慕，只可惜相逢恨晚，她性格温婉传统，是绝对不愿意背叛丈夫的。

夏梦请求金庸原谅她的无奈，她说："今生今世难偿此愿，也许来生来世还有机会……"

这次幽会只能以伤感和无奈结束。

从此之后，金庸将这份爱慕深深藏在心里，没有一刻忘记过，她成了他写作的灵感和缪斯。

“文化大革命”爆发时，夏梦选择离开电影圈。

她说：“我个人在精神上也受到极大打击。我不能不暂时离开‘长城’，甚至离开整个电影圈。我决心在电影的制作方针还没有回到正确轨道以前，无论如何不能重回电影界。我宁可改行去做成衣业来维持生活。”

她告别了心爱的影坛，告别了香港，随着丈夫移居到了加拿大。

佳人已经不在，金庸也带着失意离开长城影片公司。他创办了《明报》，专心致力于武侠小说的创作。

在夏梦远走他乡之际，金庸心生不舍，他动用自己的私人关系，花了很大篇幅在报纸的头版头条对夏梦的离开做了重点报道。《明报》专为一个女明星的移民国外大做文章，这在当时引起了不小的轰动。

不仅如此，金庸还为此专门写了一篇社论——《夏梦的春梦》，祝福夏梦。

夏梦在国外写了一些旅游散记，金庸就在《明报》上系列报道她的游踪行迹，而且还开辟了一个专栏——“夏梦游记”，一连多天登载夏梦所写的散文和小说。

此情缠绵，只恨无法对人言语。

或许正是因为得不到，才让她变成心头无与伦比的好，他对她是真的上了心。他有过三段婚姻，身边莺莺燕燕，但他只在她跟前才这样无所不用其极，只为讨好，甚至不需回应。

1979年，夏梦再次回到香港。

她创办了青鸟影业公司，担任总监制，重返阔别将近十年的电影圈。

公司的开山之作是《投奔怒海》，片名则是夏梦特意要求金庸改写的，他二话不说答应了。上映后，该片一举夺得了第二届香港电影金像奖的最佳影片、导演、编剧、美术指导等多项荣誉。

此后，夏梦监制的《似水流年》获得了第四届香港电影金像奖最佳影片和最佳导演奖等。

花无百日红，再惊人的美貌都不会长久。靠脸蛋吃饭毕竟只是一时，聪明的夏梦及时抽身而退，早早地从幕前转到了幕后。

她同时也活跃于政坛上。她是第五届到第九届全国政协委员，是全国文代会第四、五届文联委员和代表，此外，她也曾担任华南电影工作者联合会会长。

流光容易把人抛，夏梦早已不是当初那个娇滴滴的美女明星，她一个华丽转身，做了一个成功的商人和政治家。

可是，在金庸心里，她依然是那个不食人间烟火的大公主。

《射雕英雄传》中的黄蓉娇俏聪颖，出身江湖，又有几分家学渊博的玲珑。

《神雕侠侣》中的小龙女清冷出尘，不谙世事，内里却有一股炙热。

《书剑恩仇录》里的香香公主闭月羞花，一笑倾城，美丽而剔透。

这些都不是夏梦，却又都是夏梦。

佛说，人生八苦，最苦求而不得。他对她满腔执念，却只能一点点地在纸墨上碾碎了，化成别的女人的模样。

她是他的一场好梦。

梦醒了，她支离破碎地活在他的回忆里。

微疗愈：

心动是不难的，遇到一个美丽的、英俊的、有才华的或是和善的人，爱情只是一瞬间的事情。

然而，不是所有的心动都会开花结果。

我们一生能遇到多少风景，又能错过多少风景？来来回回，陪在身边的才是最要紧的。谁的心底没有遗憾呢？那些得不到的人、那些梦里的脸、那些回不去的时光，它们在回忆里依旧鲜活，让我们午夜梦回时放不下。没关系，把这一切都交给时间吧，再多的遗憾也会被时间填平。

往日既然得不到，如今思量也徒劳。多年后再回首，你必定能对自己当年的痴心一笑了之。

蒋英：燕燕于飞，天涯相随

——没有完美的爱情，只有合适的婚姻

七夕节当天，大boss很热心地牵红线，给我介绍了一位据说是青年才俊的理工男。

饭桌上，他开口第一句话就是："听说你是学文学的？真不错，你能即兴写首诗吗？"

我的笑容已经有些僵硬了。

"你们文科生风花雪月的，我不大懂，"他继续兴致勃勃地说，"我是学化学化工的，哎，你知道我们这个专业吗？主要是研究高分子材料……"

一顿饭吃下来，我全程带着笑，听他从石油化工聊到了食品化工。

我暗暗跟大boss吐槽："文科跟理科之间隔了一整条银河，我完全听不懂他在说什么。"

大boss振振有词："就是让你们互补啊！"

互补也是一项高难度的事，做得好了，那是相得益彰；做得不好，那就是针尖对麦芒。

文艺和理工的结合堪称一门技术活，奇怪的是倒也有很多人跃跃欲试。钱学森和他的夫人蒋英就是典型的文理结合。

门当户对永远不会过时

网络上有一张蒋英的旧照，广为人知。

照片里的她面容秀美，装扮典雅，气质非凡。这位赫赫有名的歌唱家和声乐教育家，出身名门，二十八岁时嫁给了钱学森，此后风雨相伴六十多年。

钱学森是谁？科学家、动力学家、载人航空奠基人，科技之父和火箭之王，光看这些头衔就知道他的生活是多么严谨和无趣。但就是这样两个看起来南辕北辙的人，却携手走过了一生。

钱家和蒋家关系亲近，蒋百里和钱均夫是莫逆之交，常常走动。在一次家庭聚会时，蒋百里带来了五个女儿。

钱学森是家中的独子，他父母十分想要个女儿，蒋家那些如花似玉的姑娘让他们眼热了。

“你们有五个女儿，太多了，给我一个好不好？”钱夫人毫不客气地向蒋家开口。

蒋夫人也很大方，说道：“好吧，你挑一个。”

钱夫人说就要老三。

蒋英在家里排行正是老三。

在蒋百里夫妇的同意下，蒋英被过继到了钱家，成了钱学森的妹妹。

她改名“钱学英”，住进了钱家。

四岁的蒋英在钱家很受宠爱，钱学森的父母非常喜欢她，甚至和蒋家约定，等她长大了，就让她做自家的儿媳妇。

但是，在蒋英的记忆里，钱学森这位年长她八岁的哥哥并不讨她欢心。

她晚年想起这些，笑着说："他（钱学森）不会跟小妹妹玩，他有很多玩具，口风琴啊，球啊，他不跟我玩，就看着我，逗我，我不喜欢这个哥哥，我要回家。所以我在他们家只待了几个月，我就闹着要回家。"

这段两小无猜、青梅竹马的生活草草结束了。

十二年后，这对曾经的干兄妹再次见面。

当时的钱学森正打算出国留学，临行前，他去蒋家向长辈们告别。

蒋百里夫妇既高兴又伤感，他们叫来蒋英，让她送别钱学森。

这时的蒋英十六岁了，亭亭玉立，正是天真烂漫的年纪。钱学森很喜欢这个爱说爱笑的小妹妹，他亲昵地对蒋英说："你的笑声特美，你能保持下来吗？"

蒋英调皮地反问："为什么？"

钱学森坦诚地说："因为，没有什么比快活和清纯更可贵的了。"

蒋英特别高兴，她为钱学森弹奏了莫扎特的D大调奏鸣曲。钱学森听得如痴如醉，情不自禁地为她拍手助兴。

分别时，蒋英送给钱学森一本唐诗，钱学森把它当作珍贵的礼物带到了美国。

当他们再次见面时，钱学森已经是美国麻省理工学院最年轻的教授了。因为父亲的要求，他回到了阔别已久的上海。

和所有单身的大龄青年一样，钱学森也面对着一个难题：父亲的逼婚。

钱学森年轻有为，一表人才，家世又出众，有很多父母想要把女儿介绍给他认识。大家都知道蒋家和钱家私交很好，于是就找到了蒋英和她妹妹，希望她们从中帮忙牵线搭桥。

蒋英满口答应："可以。"

她热情地安排了一场相亲会。

在饭桌上，那位富家女当面向钱学森表达了喜爱之情，而钱学森却拒绝了。

他的目光始终在蒋英身上流连。

优秀的女人不缺爱

蒋英后来笑着回忆："吃饭的时候，我看他的眼睛老对着我看。我就觉得不对，感觉很奇怪。"

不久，钱学森应邀在母校上海交通大学举行一次学术讲座，蒋英也去了，站在主席台上的钱学森看到她，眼前一亮。

平时看起来木讷的钱学森突然开了窍，演讲一结束，他直奔台下的蒋英，提出要送她回家。

在蒋家的客厅，蒋英说："我这里有很好的唱片，挑一张顶好的、我喜欢的唱片给你放好不好？"

钱学森回答："不好、不好，不用了、不用了。"

一阵微妙的沉默在二人中间弥漫开来。

过了一会儿，钱学森突然开口问道：“你跟我去美国好吗？”

蒋英愣了，她觉得吃惊，又有点意料之中。

她拒绝了，她说：“我有男朋友了。”

他说：“我也有女朋友，但从这儿就开始，你的男朋友不算，我的女朋友也不算，我们开始交朋友。”

从这晚之后，钱学森就总往蒋家跑，打着看望蒋夫人的幌子，却一次次找蒋英聊天。

他说：“你跟我去美国吧！”

蒋英始终不松口：“为什么要跟你去美国？咱们还是再相互了解一下，先通通信吧！”

钱学森嘴笨，反反复复老是那一句话：“不行，现在就走。”

一次次的坚持，虽然笨拙，居然也把蒋英“说服”了。

于是，一个才华横溢的音乐家和一个学识超群的科学家相爱了。

这本是桩美事，但蒋英的姐姐却出人意料地反对。

原来，在美国时，她见识过钱学森的“恶劣”：曾经也有人给钱学森介绍过女朋友，可是这家伙只顾着搞研究，压根儿不懂得谈恋爱。一天，钱学森去接女朋友参加聚会，大家等了很久，结果只有他一个人姗姗来迟，面对大家的疑问，他这才发现自己把女朋友丢在路上了。

蒋英并没有将姐姐的告诫放在心上。她佩服钱学森，认为有学问的人就是好人，她已经决定嫁给他。

六个星期后，蒋英与钱学森在上海和平饭店举行了隆重的婚礼。

婚礼后不久，钱学森就回到了美国，一个多月后，蒋英放弃了自己在中国的音乐事业，追随他到了波士顿。

异国他乡的新婚生活并没有想象中甜蜜。

这对小夫妻团聚的第一天，一起愉快地吃了早饭。

钱学森泡了一杯茶，慢悠悠地喝完，然后站起身，说道："那我走啦，晚上再回来，你一个人慢慢地熟悉吧。"

蒋英惊讶地看着丈夫，她想："这叫结婚啊？我第一天来呀！"

她毕竟是人生地不熟，也没有出门，手足无措地等待着钱学森回家。

夜色来临时，钱学森终于回来了。

他突然又变成了一个体贴的丈夫，很客气地问她："吃什么饭？"

他知道蒋英是不会做饭的。

两个人就到外面吃了一顿快餐。钱学森说："到礼拜六礼拜天，我陪你去买菜，咱们一起做菜。"

他开始絮絮叨叨地给她介绍美国的生活。蒋英总算感到了一点来自丈夫的温情，可是一回到家，他却再次让她惊诧了。

钱学森自顾自地泡了一杯茶，然后拿起茶杯对蒋英说："回见。"

蒋英一愣，丈夫已经进了小书房去，门一关，不见人了。

蒋英晚年回忆道："他就说回见。我还没反应过来，他就拿了一杯茶到小书房里去了，到晚上12点他出来了，很客气。"

也许蒋英没有想到，在接下来六十多年的漫长婚姻中，钱学森都是这样的。只要在家，他吃完晚饭就躲到书房里工作，直到半夜12点才出来。

蒋英抱怨道：“（他晚饭后）从来没有跟我聊过天，更没有找朋友来玩过。”

抱怨归抱怨，她还是很快融入了这段婚姻生活。

作为新婚礼物，钱学森给蒋英送了一台黑色大三角钢琴。这台钢琴给两个人的新家带来一丝浪漫和典雅，钱学森不那么忙的时候，蒋英就为他演奏喜爱的曲子。

他们很快有了第一个孩子，这时候，家里的一切事就得依靠蒋英了。钱学森是几乎不管不问的，他的脑子里只有科研。

作家张纯如这样描述当时的蒋英：“她见多识广、美丽大方，加上一副好歌喉，加州理工学院优秀的男性全对她着迷不已，他们甚至说：我们全都爱上了钱太太！”

可是她却为他收敛了所有的风采。

共患难才能共富贵

小女儿出生之后，钱学森夫妇决定回国了。

蒋英说：“我们的女儿是6月26日出生的，预订的飞机是7月27日。”

但是，他们却走不了。

他们的行李被海关扣押，随即，美国联邦特工拘捕了钱学森。

十五天后，他才被无罪释放，对方却告知他不能离开美国，甚至个人活动范围都只能限于居住地三十公里范围内。

钱学森对蒋英说：“我们走不成了，他们不让我走，你带两个孩子回去吧。”

蒋英拒绝了，她说：“我不能离开你，我也要待在这里。”

他们重新回到加州理工学院，但以往平静的生活彻底被打破了。

他们每天都会接到陌生人的电话，有时上街也有人跟踪监视，私人的邮件也被人打开，甚至有陌生人擅自闯入家中。

为了躲避这些麻烦，他们先后搬了四次家。

蒋英说：“那时候很苦，两个孩子，钱永刚刚刚会在地上爬，钱永珍得手里抱着。特务老来跟我纠缠，方式是各种各样的。”

这些苦，她都没有跟钱学森提起过。

她不登台演出，不参加外事活动，不请保姆，亲自操持家务，烧菜做饭洗衣服带孩子，还不忘给钱学森演奏钢琴曲。

艰难的岁月里也有过零星的快乐。

蒋英最喜欢全家人一起去附近散步，大家慢悠悠地踩着夕阳，然后到菜市场买菜。

她说：“有一件事情是我们在美国很开心的事。买菜，洗菜，切菜，切肉，都弄好了，最后掌勺的是他。他爱做饭，爱做菜，我们在国外都吃中国饭。”

对上门拜访的朋友，蒋英总是不遗余力地夸耀钱学森的手艺。

“我们家钱学森是大师傅，我只能给他打打下手。”

钱学森就会笑着接一句：“蒋英是我家的童养媳。”

虽然软禁生活充满无奈，但这无疑是钱学森待在家里最长的时间，他的陪伴给妻子和孩子都带来一些慰藉。

蒋英的英语不太好，钱学森就抽空教她，时不时地还用英语说一些俏皮话，逗得蒋英喜笑颜开。

钱学森会吹竹笛，蒋英就买了一把吉他，二人常常合奏，日子也过得非常快乐。

后来提起这段往事，钱学森说："蒋英是女高音歌唱家，而且是专门唱最深刻的德国古典艺术歌曲的。因为我受到这些艺术方面的熏陶，所以我才能够避免死心眼，避免机械唯物论，想问题能够更宽一点、活一点，所以在这一点上我也要感谢我的爱人蒋英同志。"

五年之后，她们才回到久违的祖国。

作为一名顶尖的科研人才，钱学森的安闲日子很快结束了，他介入了国家绝密科研工作。

对于蒋英而言，最显著的变化就是得接受丈夫隔三岔五的"失踪"。

蒋英说："那时候，他什么都不对我讲。我问他在干什么，不说。有时忽然出差，我问他到哪儿去，不说；去多久，也不说。他的工作和行动高度保密，行踪不要说对朋友保密，连我们家人也绝对保密。"

有一回，钱学森又"出差"，一去又是几个月，杳无音信。

蒋英急得坐不住了。丈夫下落不明，谣言沸沸扬扬，她急冲冲地找到国防部质问："钱学森到哪儿去了？他还要不要这个家？"

她万万没有想到，这时的钱学森正在戈壁荒漠上，紧张地进行着“东风一号”近程导弹的发射准备工作。

没多久，新华社发了一条电讯通稿：中国第一枚“东风一号”近程导弹在中国西北地区发射成功。

蒋英这才松了一口气，她知道，这肯定是钱学森的功劳。

钱学森回家后，蒋英向他讲述自己找国防部“索夫”的故事，他乐得哈哈大笑。

蒋英说：“家里的事情他从来就是一概不管，所以这种情况我慢慢也就习惯了，觉得不能干扰他。我说，我是搞音乐的，你是搞工程的，那你搞你的，我搞我的。所以我自己的全部工作在音乐方面，做了我应该做的事。”

她的付出也得到了他的回报和感激。

1991年，钱学森获得“国家杰出贡献科学家”的荣誉称号。

在盛大的颁奖仪式上，钱学森说：“我干什么的，大家都知道，但是我老伴干什么的，我向大家解释一下，我老伴主要是从事古典艺术歌曲的教学。我今天获奖，不会忘记老伴几十年来给予我的理解和支持。”

的确，这一路，她都是默默地站在他身边，给他以音乐的陪伴和灵魂的共鸣。

少年时候，蒋英和钱学森曾在两家的聚会上合唱过一首《燕双飞》的歌曲。命运似乎早就暗示二人的缘分，在以后的人生，他们一起经历荣耀，一起经历苦难，一起经历光荣，一起老去……

微疗愈：

我如果爱你，绝不学攀缘的凌霄花，借你的高枝炫耀自己；

蒋英：燕燕于飞，天涯相随

我如果爱你，绝不学痴情的鸟儿，为绿荫重复单调的歌曲。不，这些都不够。

夫妻应是同林鸟，燕燕于飞永相随。

爱是锦上添花的欢喜，更是雪中送炭的真心，爱一个人是连他的苦难也要包容。有多少男人抱怨女人势利，没有房子就没有未来；有多少女人抱怨男人花心，给了锦衣玉食却不给一纸婚书。

道理何其简单，你不曾努力养家，怎么能要求她只为你貌美如花？你不曾陪他白手起家，怎么能要求他独独对你青睐有加？

郭婉莹：一袭旗袍，一世优雅

——优雅是一种习惯

一日在798闲逛，迎面走来一位美人。素面长发，身形婀娜，她并未过分装扮，但浑身洋溢着一种难以言表的优雅之气。

美人渐远，我忍不住叹了口气："难得。"

女人的美分为很多种，有的是五官出色，眉眼不需要描摹就生动如画，就像娇艳的玫瑰，一眼让人看到；有的是气质脱俗，她静静地站在那里，和周围的人群有种无形的隔膜，就像婀娜的水仙，你说不上哪里好看，但却知道它不是凡物；有的是风韵天成，自然而然地就带走你的目光，她的一个微笑、一个皱眉、一个眨眼，似乎都有意味，值得揣摩，就像枝头的蔷薇，色香俱全。

有些美能后天修得，但那让人一见难忘的气质，却需要不断修炼。

一如那些远去的旧上海大小姐，她们浑身上下都是戏，旁人学也学不来。比如郭婉莹，一个真正的名门贵女，她虽落魄过，却始终不曾有过狼狈。

“大小姐”是一种生活品质

在一间七平方米的亭子间，北方的寒流从上空吹过，一个秀雅的妇女瑟瑟地醒过来。她摸了一把脸上，那里已经结了一层冰霜。

她依然穿着一身旗袍，梳着整齐的发髻。在贫民窟的煤球炉上，她用铁丝在煤火上烤出恰到火候的金黄色吐司面包，她还用被煤烟熏得乌黑的铝锅蒸出彼得堡风味的蛋糕来。

没有人会想到，这位生活落魄的妇女曾经是真正的贵族。

她是著名的老上海“永安百货”郭氏家族的四小姐，当年无人不知的交际名媛，被誉为“上海的金枝玉叶”。

她就是郭婉莹。

很多人都喜欢看那些民国女子们裹着旗袍，锦衣夜行，那是一种韵味，也是一种情怀。

当张曼玉穿着白底描花的紧身旗袍，踩着一双高跟鞋，烟行媚视地走过来，那就是一幅画。不，还是一幅有声的画，青石板上发出嘀嘀嗒嗒的声音，扣人心弦。

那是在电影里，现实中，郭婉莹就是这样一个美丽动人的女子。

她最爱旗袍，离不开高跟鞋。她说：“我一辈子穿高跟鞋，习惯了。”

郭婉莹出生在澳大利亚，童年的生活快乐而无忧，她那时候还叫戴西。

关于她的中文名字，还有个小插曲。郭婉莹六岁时回国，父亲将她安排到了宋氏姐妹读书的贵族学校，因为没有中文名字，老师随口取了一个，可是在回家的路上，她把那个写着名字的纸条弄丢了。当时作家谢婉莹正走红，她一个要好的同学建议她也叫婉莹，于是她就从戴西变成了郭婉莹。

但她始终不大习惯自己的中文名字，她更喜欢被人叫戴西，或许，那会让她想起无忧无虑的幼年时光。

郭婉莹很快成长为一个美少女，如同从贝壳里刚刚诞生的维纳斯那样美丽。

家里为她安排了一门亲事，对方是世交的富家子弟。

这时的郭婉莹刚刚从中西女塾毕业，她希望和许多同学一样去美国留学。但她的父亲不同意，认为女孩子去美国学习没什么好处，她只能留在国内。

她无可奈何地妥协了，但对于婚事却始终抱反对的态度。

她的未婚夫来见她，送给她美国的玻璃丝袜，他说："这袜子真结实，穿一年都不坏。"

郭婉莹觉得不能容忍，她说："我不能嫁给一个只会和自己谈丝袜结实不结实的男人，No fun。"

"fun"是她的口头禅。她说不出什么冠冕堂皇的大道理，喜欢把"have fun"挂在嘴边，她做事只凭着自己的喜好。

郭婉莹拒绝了这门婚事。

她的未婚夫纠缠不清，拿着一把手枪，说要杀了她。

郭婉莹说："你不杀我，我不愿意和你结婚，你要是杀了我，我也不会和你结婚，因为我再也不能和你结婚了。"

他又要杀了自己，她说："现在你好好地回家去，只是不和我这样一个人结婚，要是你杀了你自己，你就永远不能结婚，连整个生活都没有了。"

这个独立而自主的富家小姐顺利解除了自己的婚约，一个人去了北京，成了一名燕京大学心理学系的学生。

郭婉莹的丈夫吴毓骧是她自己挑选的，他是一个“have fun”的男人。

吴毓骧是福州林则徐的后代，十九岁考上了庚子赔款的公费留学生，到清华大学的留美预备部读书。

他是一个极其风流倜傥的人，对生活永远抱着游戏般的骄傲态度。

可是，郭婉莹却欣赏他这种无师自通的各种花样招式，她也是不肯把日子过得乏味的人。

吴毓骧先在清华大学教书，不久又辞职回家，做了一家外国牛奶厂的行政人员。他生活富足，穿着笔挺的西装，每日在上海的十里洋场穿梭。

他爱玩，但是并不浅薄。

家里给他安排了一位富家小姐，他给了她三百块，让她随便上街买自己喜欢的东西。

这个女子买回来一堆花布和胭脂粉盒，于是，吴毓骧回断这门亲事。他说：“我怎么能讨这样的女人？”

这姿态，俨然是一个男版的郭婉莹。

他和郭婉莹如此相似，他们要的是上乘婚姻，不是饮食男女。

二十五岁的时候，他们举行了婚礼。

郭家大张旗鼓，摆了几百张桌子宴请宾客，庆祝这位美丽富有的小姐嫁为人妇。

没有百分之百可靠的男人

隔着悠久的岁月，郭婉莹在婚纱照上依然美丽动人。

她穿着白色的拖地长礼裙，面如霜雪，眼角优雅地向上扬着，透着微微的笑意，温婉含蓄，连手上的捧花也黯然失色。

王映霞曾经感慨：婚礼的隆重程度和生活的幸福程度是成正比的。

这话也对，也不对。

婚姻大概是每个女人都必经的考验。很多人误以为，结了婚，就是将爱情修成正果，殊不知这只是一个阶段性的胜利。

对郭婉莹而言，她的考验来得很快，婚后不久，吴毓骧便出轨了。

她新婚的丈夫爱上了一个年轻的寡妇，对方与她是旧识。

对于任何一个女人，这都是赤裸裸的羞辱。

女人都有一种奇怪的心理：自己得不到的男人，也不肯让别的女人得到，尤其是不如自己的女人，否则，那就是一种无声的折辱。

这一记耳光狠狠地打在郭婉莹的脸上。

哪怕对方是个更优秀的女性也好，一个寡妇，论起家世和相貌，她哪一点不如对方？这让金枝玉叶的郭婉莹心里作何感想？

那天晚上，她由姐夫陪着，亲自去了那个寡妇的家里，找到自己的丈夫，把他带回了家。

不知道她有没有后悔过，这个男人是她千挑万选看中的。

郭婉莹没有将这件事声张出去。人人都说家丑不可外扬，她骨子里还是一个体贴的旧式女子，况且她不想轻易承认自己的婚姻失败。

郭婉莹曾经花了大量的笔墨记叙她新婚的第一顿早餐。

她自小过着喝咖啡、牛奶的生活，她担心吴毓骧的早餐习惯和自己不一样，紧张地准备了很久，最后端上了新鲜橘汁，还在麦片粥里加了牛奶和糖。

她什么都没吃，只顾着问他："你喜欢吗？告诉我你平时吃什么式样的早餐？"

"哦，很好吃，"他说，"但是通常我早上只在牛奶里打一个鸡蛋当作早餐。你平时习惯早上吃什么？"

郭婉莹哦了一声，说："我只喝一杯咖啡。"

她是一个好女人，他也未尝不是好男人，只是生活总有瑕疵。就像珍珠里的沙子，忍得下，才有明天。

经过丈夫的出轨，郭婉莹幡然醒悟了。她明白自己不能困在婚姻的牢笼里，相夫教子并不适合她，她需要一条出路。

女人应该适当地依靠男人，否则你的强势会吓跑幸福；但女人又不能完全地依赖男人，否则，你只是可怜的寄生虫。

郭婉莹和朋友合伙开了一家服装店，定做一些时尚的晚礼服。她不在乎营业额，更多的是为了自己的梦想。

这家锦霓时装沙龙现在已经很少有人知道了，当初，它可是小有名声的。郭婉莹是想做出适合中国妇女的现代美服，做出一个中国特色的时尚品牌。

事业会将一个女人从灰头土脸的婚姻中拯救出来，如果时间足够，郭婉莹或许可以成为董竹君那样的女人。但她的事业并没有持续很久，战争让一个新的时代来临了。

上海的资本家最先感受到了这股动荡。吴毓骧失业了，家里的经济越来越困难，有时候，郭婉莹不得不带着全家回娘家住。

贫穷夫妻百事哀，郭婉莹倒没有因为钱财窘迫，但她的日子并不舒畅。第二个孩子出生时，她难产了。

在医院两天生不下来，大女儿正在家里静养肺炎，丈夫却还是去俱乐部玩牌到深夜回家。

吴毓骧是一个人见人爱的男朋友，却不是一个居家过日子的好丈夫。

好在战争很快结束，新的生活开始了。

吴毓骧同德国做起了医疗器械的生意，还开了一家属于自己的公司。这个男人在经历了失败的牛奶厂生意、酒厂生意后，终于自己站住了脚跟，蜕变成了一个持重稳定的中年人。

那种属于年轻人的轻佻和时髦随着时间过去了。

郭婉莹也已经是一个成熟的美妇人。她开始常常陪丈夫到香港去，做他的英文秘书。

彼时，郭家的大部分人都移居到了美国，郭婉莹和丈夫没有走。他们和那些留在大陆的资本家一起，见证了上海民间资本家最后的黄金岁月。

淡定的女人最优雅

1958年，吴毓骧被打成右派，关进了监狱。

那天，正在接受学习的郭婉莹突然被通知公安局的人在家里等她，要她马上回家。

上一次郭婉莹见到警察，还是因为保姆偷了家里的美金。这一次，他们是来通知她，吴毓骧已经被捕，让她收拾一下他入狱要用的行李。

按照地址，郭婉莹带着儿子去了监狱。

一六七五，这是吴毓骧在监狱里的代码，一直到他去世，别人口里的这个“一六七五”就替代了丈夫、父亲的角色。

他再也没有见过郭婉莹。

吴毓骧每次都要家里带棉线去，儿子十分不解，直到后来见了他的遗物，才发现他所有衣服上的扣子都被剪去了。为了要让衣服能包住身体，吴毓骧将棉线搓成了小绳子，代替扣子。

熟悉他的人都没见过高大风流、一表人才的吴毓骧穿棉线当扣子的衣服是什么样子，他最后一次从家里出门，还是整整齐齐、清清爽爽。

他们夫妇都是优雅的人。

没了丈夫，郭婉莹成了家里的顶梁柱。她没有多余的抱怨，去公司开回了丈夫那辆随时可能报废的福特车，去法院里拿回丈夫作为现行反革命的判决书，去见了提篮桥里丈夫的遗体。

很多年以后，郭婉莹说：“我真的认不出他来了，那是一具大瘦的尸体，于是，我去摸了他的手，那是我熟悉的手，是他的手。所以，我知道那就是他了。不过，后来我也想，我的手不是变形了吗？这说明，人的手实际上是会改变的。如果我和他换一换，他摸我的手，不一定能肯定就是我吧。”

吴毓骧的骨灰被装在一个简陋的小盒子里，送到家里，郭婉莹忍不住抱着哭了。她说：“活得长短没有什么，只是浪费了你三年的生命啊！”

他到死都一直随身珍藏着她的一张照片，照片上是结婚时郭婉莹白纱笑脸的样子。

郭婉莹从来不多说自己的丈夫。他把能带给她的快乐，都带给她了，也把能带给她的灾难，都带给她了。

他们所有的家产都被没收了，他们还欠着国家一笔十四万元人民币的债务。

郭婉莹完完全全沦为一个布衣女。

她要学习怎么样用锤子把大石头砸成一块块的小石头，送去修路支援国家建设。

她天天面对着一帮子骂她“资产阶级”的红卫兵，依然高傲地仰起下巴，任由别人用口水、扫把袭击她，她没有低过头。

她去剥东北大白菜被冻坏的菜皮，整天整天地捧着它们，每天结束工作的时候，她的手都已经完全冻僵。郭婉莹说：“谢谢天，我并没有觉得很痛，我只是手指不再灵活了。”

她当过建筑工地上拌水泥的小工，还在副食品商店卖过鸡蛋和水果。

她每个月工资只有二十四块，扣除房租水电和给读大学的儿子的生活费，她所剩无几，只能吃八分钱一碗的光面条。

她说：“它曾那么香，那些绿色的小葱漂浮在清汤上，热乎乎的一大碗。我总是全都吃光了，再坐一会儿，店堂里在冬天很暖和。然后再回到我的小屋子里去。”

但她依然踩高跟鞋、穿布旗袍。

肯尼迪的遗孀杰奎琳问起她劳改情况，她说：“劳动有利于保持体形，不在那时急剧发胖。”

她这么坦然，倒显得那些艰难不那么艰难了。

要知道，她那双挖河泥的手曾经是用来弹奏美妙的莫扎特的，她随手给服务生的小费都是五元以上，她是可以远走美国避祸的。

郭婉莹说："要不是我留在上海，我有的只是和去了美国的家里人一样，过完一个郭家小姐的生活。那样，我就不知道，我可以什么也不怕，我能对付所有别人不能想象的事。"

她经历了多少别人不能想象的事。

她经历了爱情以及爱情的背叛与容忍；经历了掌上明珠般的少女时代，为人妻、为人母的少妇生活和中年丧偶的寂寥余生；经历了独自撑过难产的夜晚；经历了在陌生的监狱停尸房，与自己丈夫的尸体痛彻相处的整个下午；经历了目睹一窝小老鼠在劳改资本家的棍棒下惨死的午后。

她经历了整个动荡时代赋予她的所有悲欢喜乐。

退休后，郭婉莹与儿孙们安享晚年。对于曾经遭受的苦与痛，她嘴里只字不提。

美国著名新闻主持人华莱士采访她，希望她亲口说出在大陆经受的磨难，她拒绝了。

她说："我不喜欢把自己吃过的苦展览给外国人看，他们其实也看不懂的，他们是想把我表现得越可怜越好，这样才让他们觉得自己生活得十全十美。"

她一直活得这样通透优雅，到老。

微疗愈：

在郭婉莹的遗体告别仪式上，有一副挽联写得特别好："有忍有仁，大家闺秀犹在；花开花落，金枝玉叶不败。"

都说女孩要富养，真正的富养不在物质，而在精神。

不要急着涂脂抹粉，不要急着换上新装，后天修饰的美好比“鱼目”，浑然天成的气度才是“珍珠”，识货的人总能一眼看穿。所以，过分修饰不如修身养性，精神的富有才是最好的美容品。

像郭婉莹这样穿着高跟鞋刷马桶，这才是名媛风范。

杨绛：最贤的妻，最才的女

——爱是欣赏，也是改造

作为一枚“剩女”，身边总有人热情地帮着牵红线。日子久了，我实在无力招架，只能搬出早就想好的借口。

“想找个读书人，不浮不躁，才华出众，还要忠诚。”

女友大呼不可能，嚷道：“你这要求多高啊，有才华又有骨气的读书人没几个，你还要忠诚？搞文学的谁不花心？”

她列举了胡适、徐志摩、郁达夫等，苦口婆心地证明文人都不可靠。

我几乎要相信了，笑了笑，说道：“你忘了钱锺书？”

在名士风流的民国，钱锺书与杨绛是一对少有的志同道合的恩爱夫妻。

女友拍掌大笑：“就算有个钱锺书在你面前，你也得有杨绛的能耐哪，你以为随便哪个女人都有她那个本事？”

这话虽然打击我，倒也是实话。

君子当然配淑女

我从来不敢小瞧杨绛。

第一次看到杨绛的照片，是一张她和钱锺书的合影。她并不上相，看上去比实际年纪老，一双眉修得细长，大概是时下流行的样子，但显得过于凌厉。

女人看女人总是格外挑剔，我心里暗暗觉得她不够惊艳，少了几分秀丽。但我很快回过神，一个女人，如果不是凭借容貌获得男子的青睐，那么她必然有过人之处。

杨绛的身上总有一股优雅劲儿，或许这就是腹有诗书气自华。

她的父亲是无锡本地的名士，算是书香世家，她幼年时就常常捧着一本书，闷不吭声地陪父亲在书房消磨时光，那时她的名字叫杨季康。

父亲问她：“阿季，三天不让你看书，你怎么样？”

杨绛说：“不好过。”

“一星期不让你看呢？”

她答：“一星期都白活了。”

好女孩不是指出身好或容貌好，而是性情出类拔萃。古人说一切内秀皆从书里来，杨绛的容貌虽然算不上绝色，但胜在气质从容。她不追名，不逐利，就像一株行走世间的君子兰。

杨绛和钱锺书的相遇饶有趣味，就像《圣经》里说的：“有的时候，人和人的缘分，一面就足够了，因为他就是你前世的人。”

十七岁的杨绛一心想要报考清华大学外文系，但当时清华大学刚开了招收女生的先河，在南方并没有名额。

无奈之下，杨绛不甘不愿地去了东吴大学。

读到大四，东吴大学因为学生运动停课，二十一岁的杨绛与朋友四人结伴，报考了北平的燕京大学，结果，他们都被录取了。大家打算一起去北平报到，谁知道杨绛始终不忘清华，她临时变卦，竟然放弃了入读燕京大学的机会，去了清华当借读生。

钱锺书刚好在清华大学的中文系。

杨绛的母亲后来打趣说："阿季的脚下拴着月下老人的红丝呢，所以心心念念只想考清华。"

和杨绛一起报考燕京大学的同学中有费孝通，两个人是老朋友了，中学和大学都同班，费孝通一直暗恋杨绛。有男生追求杨绛，费孝通便对他们说："我跟杨季康是老同学了，早就跟她认识，你们'追'她，得走我的门路。"得知杨绛半路跑去了清华大学，费孝通甚至气得跑去找她质问。

当年3月，杨绛准备会一会老友孙令衔，孙正好要去清华看望表兄，这位表兄不是别人，正是钱锺书。于是三人一起见了面。

这初次见面，钱锺书身着青布大褂，脚踏毛底布鞋，戴一副老式眼镜。他是出了名的"憨"，她却觉得他眉宇间"蔚然而深秀"。

钱锺书后来在诗歌里回忆他见到杨绛的第一眼："颉眼容光忆见初，蔷薇新瓣浸醍醐。不知靧洗儿时面，曾取红花和雪无。"

这算是一见钟情，也算是情人眼里出西施。二人只是匆匆一见，甚至没有言语，但彼此难忘。

这晚回去之后，钱锺书写信给杨绛，约她见面。

第二次见面，钱锺书的第一句话就是："我没有订婚。"当时清华大学都传钱锺书已经订了婚，他一向都不屑搭理的，但现时，他却迫不及待地要澄清绯闻。

而杨绛此时也有个外号叫"七十二煞"，因为传闻追求她的男孩子有孔门弟子"七十二人"之多。

对于钱锺书的坦诚，杨绛亦老老实实地回答："我也没有男朋友。"她丝毫没有女生的矫情做派，坦荡地表露对他的好感。

总有人端着架子告诫每个女生，爱情里要欲擒故纵，要口是心非，要敌进我退，要步步为营。感情诚然是一场对弈，男女各凭本事，但真遇到了对的那个人，最最应该的是直截了当，你一个眼神，他就懂了所有来龙去脉。真正的爱情，哪需武装到底、大动干戈，否则错失了，就后悔莫及。

钱锺书和杨绛开始了鸿雁往来，信越写越勤。

直到有一天，杨绛突然察觉："他放假就回家了。（我）难受了好多时。冷静下来，觉得不好，这是fall in love（坠入爱河）了。"

完美的女人要出得厅堂，入得厨房

得知杨绛交了男朋友，费孝通来清华大学找她"吵架"。他认为自己更有资格做杨绛的男朋友。

杨绛回应："朋友，可以。但朋友是目的，不是过渡；换句话说，你不是我的男朋友，我不是你的女朋友。若要照你现在的说法，我们不妨绝交。"费孝通很失望，但也无可奈何，只得接受现实。

钱锺书是旧式的才子，才华出众，心气高傲。他交好的文人不多，眼光一向挑剔，写的文章尖锐而又犀利精到，不免落了个刻薄的名声。

就连号称民国第一名媛的林徽因他也不大欣赏，他在《太太的客厅》里大张旗鼓地讽刺："她并不是卖弄才情的女人，只爱操纵这许多朋友，好像变戏法的人，有本领或抛或接，两手同时分顾到七八个在空中的碟子。"

他眼高于顶，见到杨绛，却觉得她与众不同。

钱锺书的父亲称赞杨绛是难得的明白人。有一次，杨绛的回信落在了钱锺书父亲钱老先生的手里，钱父好奇心突发，悄悄拆开信件。

杨绛在信中说："现在吾两人快乐无用，须两家父母兄弟皆大欢喜，吾两人之快乐乃彻始彻终不受障碍。"

钱父大赞："此诚聪明人语！"

他极力赞成这门婚事。

1935年，杨绛和钱锺书完婚，牵手走入围城。

他们的婚期正当酷暑，仪式冗长烦琐，钱锺书穿着一件黑色礼服，挺直的领圈被汗水浸得软塌塌；杨绛则被白婚纱一层层紧实地裹着，从头到脚都汗湿了，仿佛从水里捞出来的。

这一幕后来被钱锺书写进了《围城》里。杨绛说："《围城》里结婚穿黑色礼服、白硬领圈给汗水浸得又黄又软的那位新郎，不是别人，正是锺书自己。因为我们结婚的黄道吉日是一年里最热的日子。我们的结婚照上，新人、伴娘、提花篮的女孩子、提纱的男孩子，一个个都像刚被警察拿获的扒手。"

钱、杨两家都是无锡本地的名士，两个人的结合是“门当户对，珠联璧合”。

胡河清也曾赞叹：“钱锺书、杨绛伉俪，可说是当代文学中的一双名剑。钱锺书如英气流动之雄剑，常常出匣自鸣，语惊天下；杨绛则如青光含藏之雌剑，大智若愚，不显刀刃。”

新婚不久，杨绛陪钱锺书去英国留学。

爱情会让一个女人变得无所不能。初到牛津，杨绛很不习惯异国生活，又乡愁迭起，但她很快就振作了，因为钱锺书的状态比她还糟糕。

她常听他说自己“拙手笨脚”，现在她才知道原来这个鼎鼎大名的清华才子分不清左右手，不会系鞋带上的蝴蝶结，甚至连拿筷子也是一手抓。

在生活上，钱锺书完全失去了“翩翩风度”，成了一个什么也不懂的小孩子，处处依赖她。

他们有了孩子，一个健康漂亮的女孩，他们叫她“阿圆”。

生阿圆的时候，杨绛住在医院，钱锺书天天在家和医院两头跑。他老闯祸，苦着脸说：“我做坏事了。”

他陆续打翻了墨水瓶，弄脏了房东家的桌布，弄坏了门轴，砸碎了台灯。他向她抱怨，又担心她会责备。杨绛笑眯眯地说：“不要紧，我会洗。”“不要紧，我会修。”“不要紧，我会处理。”

她这时又似乎成了一个老妈子，丢开书卷，柴米油盐酱醋茶也样样在行。

钱锺书的母亲夸这位儿媳：“笔杆摇得，锅铲握得，在家什么粗活都干，真是上得厅堂，下得厨房，入水能游，出水能跳，锺书痴人痴福。”

钱锺书自己也得意，短篇小说集《人·鬼·兽》出版时，他在自留的样书为妻子写下那句著名的情话：“赠予杨季康，绝无仅有的结合了各不相容的三者：妻子、情人、朋友。”

好男人是好女人成就的

杨绛自己在名门淑女和家庭主妇之间游刃有余，她也把钱锺书一手打造成了好丈夫。

杨绛出院，回家坐月子，从来没有下过厨房的钱锺书给她炖了鸡汤，还剥了嫩蚕豆搁在汤里。她既欣喜又得意，声称如果婆婆知道了该有多么惊讶，钱锺书从前是不懂任何家务的。

有次，杨绛晚上把煤炉熄了，早上起来，钱锺书却给她端上了早饭：煮得恰到好处的鸡蛋，烤香的面包，黄油果酱一样也不少。她很诧异，夸奖了他一番，突然又追问他：“谁给你点的火啊？”他笑眯眯的，掩饰不住地得意：“我会划火柴了！”

有多少女人开口闭口地抱怨丈夫不给力、不体贴、不会做家务、没有本事挣钱。她们不知道，男人也是可以改造的，如果她们肯花心思，还不如把抱怨的时间用来改变。

回国之后，他们一家三口各地辗转，总是居无定所。因为钱锺书的耿直得罪了人，他从西南联大和蓝田师院辞职后，留在了上海，和杨绛在这个沦陷的孤岛待了八年。

面对生活的龃龉，杨绛依然优雅从容，两个人的日子依然过得生动有趣。

1942年底，杨绛创作了话剧《称心如意》，在金都大戏院上演后迅速走红。

有一天，钱锺书对杨绛说：“我想写一部长篇小说，你支持吗？”

她大为高兴，催他赶紧写。

为了让钱锺书全心全意地投入写作，杨绛让他减少授课时间，也不许他碰任何家务。虽然他们的生活更窘迫了，但杨绛毫无怨言，她辞退了家里的女佣，戏称自己是“灶下婢”，劈柴生火做饭都自己动手。不仅如此，她还学会了主妇精打细算的门道。为了省煤，她自己和泥，把炉膛搪得细细的；有一次煤厂送来三百斤煤末子，杨绛如获至宝，掺上煤灰自制煤饼，能抵四五百斤煤球。

她是真正的苏州闺秀、名门小姐，做起粗活来却井井有条。

钱锺书在《围城》序中说：“这本书整整写了两年。两年里忧世伤生，屡想中止。由于杨绛女士不断的督促，替我挡了许多事，省出时间来，得以锱铢积累地写完。照例这本书该献给她。”

“文革”开始后，钱锺书和杨绛都被打成“牛鬼神蛇”。

杨绛被人剃了“阴阳头”，她不声不吭地连夜赶做了个假发套，第二天照常出门。即使是让她去洗污垢重重的女厕所，她也不抱怨，擦拭得干干净净，有空了，就躲在厕所里看书。

当时钱锺书被贴了大字报，杨绛就在下边一角贴了张小字报澄清辩诬。她立刻被揪到千人大会上批斗示众，一起被批的还有宗璞、李健吾等。其他人都低着头，只有杨绛跺着脚，激动地据理力争：“就是不符合事实！就是不符合事实！”

她一直都是有风骨的人。

后来，他们夫妇下放到干校，杨绛被安排去种菜。钱锺书担任干校通信员，每天他去邮电所取信的时候，就会特意走菜园的东边，与她“菜园相会”。

翻译家叶廷芳回忆说，杨绛白天看管菜园，她就利用这个时间，坐在小马扎上，用膝盖当写字台，看书或写东西。而与杨绛一同下放的同伴说：“你看不出她忧郁或悲愤，总是笑嘻嘻的，说‘文革’对她最大的教育就是与群众打成一片。”

他们相互扶持，一直熬到终老。

钱锺书离世时，一眼未合好。杨绛附到他耳边说：“你放心，有我哪！”

她是他尚在人间的延续。

多年前，杨绛读到英国传记作家概括最理想的婚姻：“我见到她之前，从未想到要结婚；我娶了她几十年，从未后悔娶她；也未想过要娶别的女人。”

她把它念给锺书听，他当即回说：“我和他一样。”

杨绛说：“我也一样。”

微疗愈：

钱锺书评价杨绛，说她是“最贤的妻，最才的女”。这或许是男人对女人的最高褒奖了。

一个女人要获得男人的爱慕，这或许不难，但一个女人要同时获得男人的钦佩、尊重、信任和依赖，这绝对不是容易的事。

相信每个女人都希望成为这样的妻子，但如何实现这是个难题。

杨绛的人生，无疑是这个难题的一个完美解答。

学会打理自己，学会经营自己，屈迎有度，进退有尺，减少抱怨，多些积极心态和宽容理解，我们的人生和婚姻都会获得一个全新的飞跃。

须知，好男人都是好女人调教出来的，好婚姻都是用心经营出来的。

三毛： 撒哈拉的眼泪

——只要在路上，就能到远方

我念小学时，有段时期视力衰退，坐在教室的后几排，常常看不清黑板上写着什么。因为性格使然，我不愿让人知道自己视力不好，也不愿意找老师调换座位，所以就一直待在教室后面，听听课，看看闲书，偶尔发呆，悠然自得。

由于我的分数还算好看，老师们也就没发现我的秘密。

后来班里来了一个新老师，她总喜欢在课堂上提问，而且特别喜欢找那些沉默内向的学生，我自然在其中。每到这个时候，便是我最难堪的时刻，木头似的杵在那里，接受她充满恶意的挑衅和讽刺。

再后来我读三毛，一见如故，有一种强烈的理解和欣慰。这个少年时代内向而畏葸的女孩，让我好像看到了曾经的自己。

蝴蝶都曾经是丑陋的毛毛虫

照片上的三毛，看着不算特别美貌。

她常常是蓬着一头长发，像是生机盎然的海藻。她五官最出众的就是眼，幼年时木讷胆怯，越成长越有一分灵动。

三毛的童年不怎么愉快，作为一个学习不怎么好的孩子，她的生活里充满了老师的斥责和小伙伴的嘲弄。

她的数学尤其不好，总是不及格。后来，她发现老师的随堂测试题都是从课本后的习题里挑选的，为了顺利升上初中，她想到了一个笨方法：花了很多时间把课后习题都背了下来。

结果在那次考试中，三毛拿了一百分。

数学老师怀疑她作弊，当众嘲讽她，三毛不服气，据理力争。老师恼羞之下，让她到办公室重考，那是一张全新的数学试卷，三毛当然答不上来。

数学老师指责她撒谎，当着所有同学的面，用毛笔在她眼睛周围画了两个代表零分的大圈，周围的同学都哈哈大笑，没有人来安慰这个窘迫的小姑娘。

三毛感到无地自容，当场羞愤地晕了过去。

从这之后，三毛开始患上严重的心理疾病，最后不得不休学。

为了治愈她这种极端的自闭状态，三毛的父亲将她转校，为她请了心理医生，找了名家黄君璧教习国画。但这些都无济于事，严重的时候，三毛曾经割腕自杀。

这段经历是漫长而痛苦的，三毛将自己困在一个封闭的世界里，别人进不去，她走不出来。

三毛：撒哈拉的眼泪

很多女孩都有过类似的自闭。因为年轻，因为稚嫩，我们有一颗过分敏感的自尊心，就像一只驮着壳的蜗牛，一阵风来，一阵雨来，我们就立刻慌慌张张地缩回了小房子里，草木皆兵地张望着这个世界。

庆幸的是，这份自闭没有毁掉三毛。她不是作茧自缚的春蚕，而是紧紧包裹了沙子的牡蛎，默默地孕育出珍珠。

1967年，三毛远赴西班牙求学，她遇到了荷西。这个男人将她从灰色的抑郁中拯救出来。在此之前的种种磨难似乎成了一种铺垫，一种悲壮的前调，很容易被原谅。

在他们相识后的第一个圣诞节的晚上，荷西戴着一顶法国帽，在三毛的公寓楼下等了好几个小时，只为了送她节日礼物与祝福。

三毛根本就没有想过，这个比自己小几岁的大男孩对自己怀有情愫。但她的内心还是有一丝虚荣的欣喜："哇！天下竟然有如此帅气的男孩？！要是做他的妻子，该是一种荣耀才对呢！"

她故意板起脸，以姐姐的身份教训他："不要逃课！再逃课就不理你了！"

荷西却照样逃课来看她。直到有一天，荷西一脸认真地说："ECHO，你等我结婚好吗？六年！四年大学，两年服兵役！好不好？"

年轻人的爱情总是执拗的，三毛虽然被他的热情所感染，却也知道两个人不可能。她故意气他，对他下最后通牒："再也不要来找我了，我有男朋友的！"

荷西也不生气，只是挥挥他的法国帽，倒退着跟三毛说："ECHO，再见！"

没有她的允许，荷西真的再也不来找三毛了，偶尔在路上遇见，他只是礼貌性地拥抱一下三毛，亲亲她的脸颊。

三毛身边的男友总在换来换去。她很快回到了台湾，两个人渐渐地失去了联系。

六年后，荷西托一个朋友捎来他的近照和一封信，照片上的帅小伙正在河里捉鱼，留一脸的大胡子，在阳光下灿烂地笑，毛头小子已经长大了。

这时的三毛正在筹备自己的婚礼，她沉浸在即将为人妻的喜悦里。然而，就在婚礼的前一晚，新郎不幸过世。上帝似乎跟她开了一个残酷的玩笑。痛苦的三毛选择了离开台湾这个伤心地，再次回到马德里。

得知三毛回来了，荷西大喜过望，他立刻联系上三毛，二人约好了时间见面。到了那天，三毛突然接到一个好友的邀约电话，她急急忙忙地出门了，完全忘了和荷西的约定。

毫不知情的荷西傻傻地等着，他打了十多个长途电话，始终联系不上她。

临近晚上，三毛才回到家，她仍然没有想起那个约会。好友再次将她约出来，等见了面，对方叫她闭上眼等候，这时，荷西突然出现，一把抱起三毛，开心地旋转起来。

原来他久久没等到三毛，猜测她出了门，于是到处联系她的好朋友，总算得知了她的行踪。

带着波折的重逢给三毛和荷西都留下了深刻印象，他们和以前一样亲密来往，又似乎比以前更多了些契合。七个月后，他们公证结婚了。

身体与灵魂，总要一个在路上

很多人疑惑，三毛对荷西真的有爱情吗？他们有整整六年的光阴没有见面，甚至并不了解彼此的生活，或许她只是想结婚了。

如果只是为了结婚，三毛是有大把选择的：在国外期间，她最少有三位追求者，包括一个日本籍的富商同学，一个成为外交官的德国同学和一个台湾的留美博士。

然而她选择了荷西。

荷西曾问她："你是不是一定要嫁个有钱人？"

三毛说："如果我不爱他，他是百万富翁我也不嫁，如果我爱他，他是千万富翁我也嫁。"

荷西说："说来说去你还是要嫁有钱人。"

三毛回答："也有例外的时候。"

荷西接着问："如果跟我呢？"

三毛笑说："那只要吃得饱的钱也算了。"

荷西思索了一下："你吃得多吗？"

三毛十分小心地回答："不多，不多，以后还可以少吃点。"

如果这不是爱，那是什么呢？

有杂志社向三毛约稿，题目是："如果你只有三个月的寿命，你将会去做些什么事？"荷西听说了这件事，好奇地追问三毛："你会去做些什么呢？"

三毛在厨房揉面，她举起沾满白粉的手，轻轻地摸了摸他的头发，慢慢地说："傻子，我不会死的，因为还得给你做饺子呢！"

讲完这句话，荷西感动地抱住了她。

后来，三毛并没有动手去写这篇约稿，她只是在另一篇文章里说了自己的答案："我要守住我的家，护住我丈夫，一个有责任的人，是没有死亡的权利的。"

如果这都不是爱，那是什么呢?

三毛偶然在美国《国家地理》杂志上看到一些关于非洲撒哈拉的介绍，她一下子爱上了那片广袤无垠的沙漠。

"在原本期待着炎热烈日的心情下，大地化转为一片诗意的苍凉"，为了这样小资而浪漫的想法，三毛毫不犹豫地选择了去撒哈拉，荷西也追随而至。

他在沙漠的磷矿公司找了个职位，而她则做了一个快乐的家庭主妇。

她常有奇思妙想，做一些花样百出的食物。

她用母亲寄来的粉丝做汤，荷西吃着很新奇，她却骗他这是春天落下来的雨，在山上受冷冻住了。荷西信以为真，常嚷嚷着要吃"雨"。

三毛偶尔请荷西的同事来家里做客，有一天，荷西的老板主动提出要来吃一顿中国菜。荷西嘱咐三毛，老板以前去过中国，喜欢吃一道叫竹笋炒肉片的菜，三毛拍着胸脯让他放心。当天宾主尽欢，大家都吃得很开心，老板极力称赞这是他吃过最好吃的竹笋炒肉，三毛偷笑，事后告诉荷西，她其实没有竹笋，拿了小黄瓜代替。

她还教邻居的女孩子们认字，和那些贫穷却善良的奴隶做朋友，用简单的医疗知识解除他们的病苦。

她常常一个人开车往沙漠里跑，去捡骸骨和一些稀奇古怪的石头。

很多读者在看过三毛的文字之后，也曾兴致勃勃地跑去了撒哈拉沙漠，真相让他们大受打击。

这块贫穷的土地上只有血色的残阳和一日三餐的挣扎。

美丽的从来都不是撒哈拉，而是她的一颗玲珑心。

梦里花落知多少

荷西是一名潜水工程师。最初，荷西上班的地方离他们家比较远，每天下午，三毛都会开三个小时的车，冒着沙漠里走沙与龙卷风的危险，去接五点半下班的荷西回家。

后来，荷西去了另一个岛上，两个人不得不过起异地分居的生活。三毛很快做了决定，她把自己的行李和车都托运过去，也跟着跑到了小岛上。

已经结婚很久的两个人却像热恋情人一样。

三毛每天骑脚踏车去荷西工作的码头，带上好吃的东西。到了码头，就会有工作人员认出她来，笑着给她指路，或者提前拉出水信号。

荷西一头冒出水面来，笑眯眯地，跑上去抱住三毛。三毛不管那一身的水滴，紧紧地靠着爱人，给他喂水果，或丢果核玩儿。

三毛注定是自由的，不管在哪里，她永远把日子过得活色生香。

她说："自由自在的生活，在我的解释里，就是精神的文明，生命的过程，无论是阳春白雪、青菜豆腐，我都要尝尝是什么滋味，才不枉来这么一遭啊！”

在这里，她自由的天性终于找到一个安身立命的地方，昔日那个受到羞辱、在教室里晕倒的小女孩，终于脱胎换骨，成为一个风姿洒脱的女子。

可惜命运并不善待这样一个女子。因为一次潜水事故，荷西永远地离开了人世。

收到噩耗，三毛当场昏厥过去，醒来，几天不吃不喝。

三毛的母亲端来一碗汤哀求女儿喝下去，而心痛至极的三毛看也不看一眼，她执意陪荷西一起走。

她的亲朋好友也赶过来安慰，陪着她。三毛终于松口了：“绝不自杀。”

当年在两个人重逢时，三毛曾经说过：“今天回来，心已经碎了。”

荷西安慰她：“碎的心，可以用胶水把它粘起来。”

三毛说：“粘过后，还是有缝的。”

荷西把三毛的手拉向他的胸口，说道：“这边还有一颗，是黄金做的，把你那颗拿过来，我们交换一下吧。”

荷西过世之后，三毛就成了一个没有心的稻草人。

她忙着替荷西定做墓碑，忙着买大把的鲜花去墓地看她的爱人，忙着陪他说话，直至天黑仍不肯离开。

据说有这样一种鸟，它从出生开始就只能不停地流浪，永不止歇，因为它没有脚。当它累了、倦了，停下来的时候也就是它死亡的时候。

三毛的余生就如同这只鸟，她离开故土，在世界各地流浪。

三毛：撒哈拉的眼泪

她在《橄榄树》的歌词里写："不要问我从哪里来，我的故乡在远方，为什么流浪，流浪远方，流浪。为了天空飞翔的小鸟，为了山间轻流的小溪，为了宽阔的草原，流浪远方，流浪……还有梦中的橄榄树。"

没有人知道她从哪里来，也没有人知道她要到哪里去，她就像行踪不定的云，只留下了那些美丽的文字。

漂泊十四年之后，三毛再次回到了故乡。

病痛和多年的风尘羁旅让她疲惫。

1991年1月2日，三毛因病住院治疗；3日完成手术；4日清晨，医院清洁女工发现三毛被尼龙丝袜吊颈的身体。

她穿着一件白底红花睡衣，现场没有遗书。

微疗愈：

人人都爱三毛，也许是因为她实现了我们心里那个关于丑小鸭的梦，关于流浪、关于自由、关于爱情、关于洒脱。

那些梦，可能正是我们渴望而不可为的，所以，我们才格外喜爱和心疼这个万水千山去实现梦的女子。

不是每个人都可以做三毛，但是我们每个人都可以活得洒脱自如一点。人生难免不遂意，重要的是宽心。三毛的人生看似很美，但细细研究，却也是千疮百孔、一路苦难。但即便如此，她却也能把这一路荆棘走得绚烂美丽，我们又有什么做不到的呢？

要知道，生活总有坎坷，雨后方见彩虹。

琼瑶：一帘幽梦
——爱不分是非，但总有对错

晚上刷微信，一不小心又被朋友Z的朋友圈酸到了，她深情款款地写道："我希望每天早上睁开眼的第一件事，就是吻你。"图片配了一张四十五度仰望天空的自拍。

这种感觉就像咬了一口苹果，结果看到了半条小虫子，有种让人硌硬的尴尬。原因无他，Z的男朋友是个已有家室的大叔，虽然帅，但人家的孩子都能打酱油了。

Z倒并不是一个贪图钱财的姑娘，她就是一门心思地认定大叔对她是真爱，而他家里的黄脸婆只是拖后腿的泼妇，她渴望用真爱拯救那个男人。每个出轨的男人都有无数的理由，但他就是不肯离婚，拖着人家小姑娘，给不了名分，还厚颜无耻地索取情爱，这哪里有半分真心？

太多的女孩栽了跟头，也许是她们太过单纯，也许是她们太相信爱情。

谁的青春没错爱过？

曾有媒体评论：琼瑶的小说在一定程度上误导了一代人的爱情观。

现代人一提起琼瑶，脑海里浮现的大概都是那些矫情的对白，她作为一个爱情小说家的形象太根深蒂固，以致很少有人知道，她也是一个受过儒家正统教育的名门闺秀。

琼瑶原名陈喆，出生在四川，父母都是名门之后，她自小就进私塾念书，学习琴棋书画。

战争让她安宁的童年时光提前结束。六岁的琼瑶跟着父亲长途跋涉，踏上流亡的道路。一路上，他们险象环生：弟弟走失、父母投水、母亲差点被强暴。

国家破碎的凄迷让小小的琼瑶尝到了恓惶和乡愁。

抗战甫定，内战又燃烽烟，琼瑶随着父母从上海奔走到湖南，然后远走台湾。几十年后，她成了最著名的台湾言情作家。

截至目前琼瑶创作了六十四部小说，投拍成影视剧的就有五十多部。

少女情怀都是诗，在我们情窦初开时，谁的梦里没有一帘幽梦似的情怀？琼瑶说："我这一生已经把人家几辈子都过过了，我的生活、爱情及婚姻上遭遇这么多，我才有这么多可写。有人用写日记发泄，我却发泄在写作上。"

生活不是小说，生活远比小说还要精彩，琼瑶的感情经历就是一出高潮迭起的传奇话本。她有过三段刻骨铭心的爱情。

琼瑶的初恋发生在高中，对象是她的语文老师。初恋是最美好的，爱过，痛过，那些情感都会被岁月酿成酒，让我们在余生里微醺。

也许我们每个人都有过这样朦胧的情愫。在我们还是少女的时候，我们很容易被年长的人吸引，因为他们儒雅沉稳、风度翩翩。

这种说不清道不明的好感，曾经被我们误以为是喜欢。

琼瑶和她的语文老师相差二十岁，这段不伦之恋维持了一年，很快就被人揭发了，一时间遭到了所有人的反对。

少女的心敏感如含羞草，在风吹草动里，无助地低了头。舆论的压力终止了琼瑶的这段爱恋。

这一年，她高考落榜。

十七八岁的年纪，恋爱大过天，爱情的失败和学业的挫折足够打垮这个少女。郁郁寡欢的琼瑶选择了自杀。

琼瑶的母亲及时发现了。勃然大怒的她冲到学校，找到那个“引诱”女儿的老师，斥责他枉为人师。这桩事在学校闹得沸沸扬扬。最终，这位语文老师被学校解聘，下放到了农村工作。

琼瑶花了很长的时间，才从这段感情的阴影中走出来。

三年后，她用这段情感经历创作了第一部长篇小说《窗外》，从此声名鹊起。

《窗外》里那个叫江雁容的女孩就是琼瑶的化身。

江雁容热爱文学，数理化却常常不及格。内心敏感的她从家庭里得不到温暖，刚好这时班上新来了一位语文老师，两个人彼此欣赏对方的才华，很快坠入爱河。但这段感情遭到了江雁容父母的反对，他们控告语文老师引诱少女，并闹得他被迫离职，下放到乡村。

割腕自杀的江雁容被父母救了，后来与父母安排的对象结婚，却因为不幸福而离家出走。她试图找到语文老师，重新拾起当初的爱情，但她发现昔日的恋人已经变成一位老态龙钟的老教师，再也不是她梦里意气风发的模样了。

现实是残酷的，把那些封存记忆里的美好一寸寸剥离，就像剥一只洋葱，最后只剩下让人落泪的真相。

琼瑶也曾经去找过那位初恋的语文老师。他佝偻着背，在单身宿舍楼外面蹒跚而行。她哭着离开了。

那位语文老师一生都没有结婚。

同时爱上两个人，是执迷，也是错

在琼瑶的小说里，爱就是最高的信仰，是不能割舍也不能改变的。不管是生老病死、家族恩怨、门第悬殊，还是世俗偏见，这些都阻止不了男主角和女主角的相爱，他们必然会有一个花好月圆的结局。

比如《还珠格格》里，出身贫寒的小燕子飞上枝头变凤凰，和贵为阿哥的永琪结为夫妇。这是琼瑶内心里真实的渴望，也是对过往失败恋情的遗憾与美化。

因为初恋风波带来的不良影响，琼瑶遭遇了母亲的禁足。这时，二十六岁的庆筠走进了她的世界。

庆筠初次到陈家，是为了向琼瑶的父亲请教文学创作，却没想到遇到了琼瑶。

两个文艺青年很快彼此吸引。他们有共同的话题，无所不聊，更重要的是，庆筠表示理解她和她老师之间的感情，并且支持她继续写作。

琼瑶被感动了，不顾父母的反对，在1959年嫁给了他。

婚后他们在郊区租了一栋房子，庆筠为了养家，做了一份秘书类的文职工作，而琼瑶则安心在家写作。

婚姻源于爱情，却远远不仅是爱情。

柴米油盐很快让两个不食人间烟火的文艺青年乱了手脚。

他们居住的房子很大，还有个小花园，琼瑶曾经喜欢它的诗意，但她很快厌烦了日复一日的打扫和清理，家务占据了她的大量时间。

他们有了孩子，经济一下子变得更窘迫：房子离城市太远，交通不方便；没有钱请保姆；孩子的哭闹常常打扰他们写作。

生活里好像没有了诗歌，处处都是不如意。庆筠的不满也一天天增加，为了这个家，他委屈自己，将才华浪费在枯燥的公文写作上，换来的生活却这么不理想。

夫妻俩的感情逐渐开始破裂。

此时，琼瑶的第一部长篇小说《窗外》在《皇冠》杂志社发表，她成了当红作家。

作为丈夫的庆筠一方面为她欣喜，一方面却为自己失落。尤其随着《窗外》的畅销，琼瑶和语文老师的那段过往被好事者翻出来，流言纷飞，庆筠感到“无地自容”。

他开始酗酒、赌博，整晚整晚不回家。

这段婚姻苦苦熬了五年，终于还是支撑不下去，走到了尽头。琼瑶带走了孩子。

她说：“我们一开始就是个错误，因为两个人没有很深的爱情基础，认识的时间又很短，更重要的是，我们不该双双执迷不悟地写作。”

这段失败的婚姻成了琼瑶新的小说题材，她讲了很多男人怀才不遇然后拿女人出气的故事。比如《在水一方》《烟雨濛濛》《幸运草》《生命的鞭》等，不是有情人被生活所累，就是女主角遭遇赌徒。

从这段时期开始，琼瑶的笔下的女主角开始有恋兄恋父的情结，在《一帘幽梦》《问斜阳》里，女主都爱上了大自己很多岁的大叔。

这或许正是琼瑶本人的心理映射。她在上一段感情里累了，渴望找到一个温暖的可靠的臂膀来倚靠，而这个理想的对象是成熟而稳重的。

琼瑶的第二任丈夫平鑫涛正是她理想的爱人。

人生如戏，戏如人生

平鑫涛是台湾出版业和影剧业的巨擘，他创立的《皇冠》杂志是华人世界数一数二的出版王国，声名远扬。他不仅是一位成功的商人，早年也是个书卷气的文人，翻译、创作过一些外文小说。

琼瑶在《皇冠》杂志社连续发表过多篇中短篇小说，平鑫涛一眼看中她的才情，亲自给她写约稿信，鼓励她创作长篇。这也是《窗外》的创作源头。

在琼瑶成名后，平鑫涛帮助琼瑶在创作的道路上越走越远，将她打造成了首屈一指的言情女作家。

当然，琼瑶的小说也推动了《皇冠》杂志的销量。

情愫在两个人中间不知不觉地发生。让人遗憾的是，二人此时是“使君有妇，罗敷有夫”。

不是所有的爱情都赶得上天时地利人和，在错误的时间遇上对的人，那是遗憾。

在平鑫涛看来，琼瑶就像她笔下的女主角一样，温柔善良，才气如泉，娟娟可爱。而琼瑶则沉醉于平鑫涛无微不至的呵护和儒雅。

两个人在对彼此的欣赏、感激、敬佩和依赖中越走越近。

琼瑶说：“平鑫涛，他是我生活中相当重要的一个人。”在琼瑶的生活中，平鑫涛扮演了一个好老板、好朋友和蓝颜知己的角色。

一次，琼瑶无意中说起自己喜欢听音乐，但是家中只有一台残破的录音机。平鑫涛二话不说，马上将一台新的录音机送到她家里。

还有一次，琼瑶的父母责备她在书里影射他们，气得不认这个女儿。琼瑶在母亲的床前跪了一天，不吃不喝，平鑫涛心疼不已，偷偷地让琼瑶的孩子去求姥姥。

琼瑶与庆筠婚姻的结束，有部分原因就是平鑫涛。

在明知平鑫涛有配偶的情况下，离了婚的琼瑶在他身边生活了近十年。

很多人认为，正是这段经历，令琼瑶的小说对第三者充满了同情与包容。《庭院深深》《碧云天》《浪花》《新月格格》等作品中的婚外情屡见不鲜，而琼瑶对“小三”的态度始终宽容，最终甚至让她们和男主角修成正果。

这无疑也是琼瑶内心的写照。

现实生活中，琼瑶与平鑫涛最终也修成了正果，她终于熬到原配离婚，然后光明正大地做了他的妻子。

不可否认，在琼瑶近十年的委曲求全里，她和平鑫涛是有真感情的。

琼瑶喜欢浪漫，从认识她开始，平鑫涛在她每个生日都会准备惊喜，她的屋子常常被几百朵玫瑰挤满。

琼瑶的性子急，平鑫涛说：“琼瑶跟她小说中的女主角全不相同，很少见到像她那么急性子的人！”每次她要做某件事，一定要求平鑫涛立刻配合她，他也二话不说地答应。

琼瑶的脾气也不好，发起火来是山河变色，而且一发不可收拾。她不会大吵大闹，更不会摔门摔东西，只是喜欢冷战，一言不发地把自己紧锁在房间里。次数多了，平鑫涛也揣摩出门道来，知道不能去惹她，默默地陪在一边。

他们联手打造了《还珠格格》系列，繁重的工作让平鑫涛累得病倒了。琼瑶说，平鑫涛生病真的是把她吓坏了。她顾不上自己的剧，放下工作，在病榻前每日相陪，为他换药、喂药。

他们之间是有感情的，所以才会有这样的紧张和体贴。但如果，当初他们是在史君单身、罗敷待嫁的时候认识，那该有多好。

在《我是一片云》中，女主角段婉露说：“他是强盗，我爱他，他是土匪，我爱他，他是杀人犯，我也爱他，没有他我就不要活了！”或许，这正是琼瑶的心声，爱情永远至上，任何枷锁、束缚都不能制止她对它的追求。

微疗愈：

爱是什么？诗人告诉我们，它是浪漫与美；生物学家告诉我们，它是荷尔蒙发酵；数学家告诉我们，它是一加一大于二的神奇公式。

在琼瑶的笔下，爱是梦与幻的热烈。很多人都向往那种热烈，那种义无反顾的理想化爱情。但是，我们需要明白，生活不是小说，虚幻的情与爱总有一天也会没入滚滚红尘，洗去光环与幻想，它更多是朝夕相对的平凡，是一茶一饭的现实。

遇见了错的人，自然是应该做一次新的选择，但你再选择的这个人，他是对的吗？

百乐门的主人盛七曾说：“面对感情，应学会取舍，保持理智，懂得自持。”她是在用自己的真实写照告诉我们，面对爱情到底应该怎么做。

林青霞：和次爱的人相濡以沫

——女人要懂得善待自己

阿幸是我最好的朋友，前段时间，她突然告诉我要结婚了。我一直知道她有个执着的追求者，对方是个标准的高富帅，香车宝马，鲜花钻戒，活脱脱就是从电视剧里走出来的霸道总裁。

我问阿幸，新郎是不是那个人，她却长叹了口气，说出了另一个名字。“我又不是木头，怎么会不动心呢？况且，他的条件那么好。”她幽幽地说，“但问题就是他的条件太好了。”

外人只看到他几年如一日的殷勤和温柔，却看不到他母亲面冷心冷地找阿幸谈话，嘲讽她攀龙附凤，甚至出言威胁。

不是不爱，只是明知道这份爱没有结果，阿幸选择了及时止损。

我理解她，生活不是只有爱情。纵使他现在爱她，但家人的不接受，换来的是漫长的硝烟，进而消耗掉他的所有感情，与其最后等来一句“对不起，我累了”，还不如趁早抽身。

选择一个次爱的人，虽稍显无奈，却不失明智。

美貌是一种资本

刘德华曾说过一句话：“什么叫星光，就是一堆人中你总是最先看到她，那就是星光了。林青霞就是有星光的人。”

类似的话徐克也说过：“一流的美女，都要有点男子气才成，林青霞这等美人，五十年才会出一个。”

大侠金庸也说：“青霞的美是无人可与之匹敌的。”

就连她的名字也美。“林青霞”是她母亲取的，是一本武侠小说中女主角的名字。

林青霞从小就是大家的掌上明珠，连母亲偶尔都看不惯她的受宠，故意打击她，说她没有妹妹好看。

妹妹个头高大，举止洒脱，而林青霞则显得瘦弱。

但因为大家偏爱，她的瘦弱也成了可爱之处。那时候台湾正在热播《杨乃武与小白菜》，老师在课堂上问：“咱们班谁像小白菜呢？”

同学们异口同声：“林青霞！”

她心里也会有小小的得意。

高中毕业以后，林青霞跑去一家电脑公司站柜台，同时在夜校补课。

她担心自己考不上大学，会被别人讥笑为“花瓶”。

美丽固然是一种资本，有时候却也是一种相应的负累。不是有句话说“欲戴王冠，必承其重”吗？

没等那场让她提心吊胆的高中联考来临，命运已经悄悄地准备好了惊喜。

在台北著名的西门町，逛街的林青霞被一个矮胖的中年男人拦住了。他是一名星探，邀请她参加电影拍摄。

对一个花季少女来说，这无疑是个令人雀跃的机会，林青霞心动了。

可是，当她把消息告诉父母时，他们拒绝了。尤其是母亲，她不想让女儿进入娱乐圈，她希望林青霞能好好读书。

这个意外的小插曲似乎就这么过去了。

让人意想不到的是，不久后林青霞竟然再次遇到了那名星探，这次，他身边还跟着著名导演宋存寿。

宋存寿在台湾几乎家喻户晓，他拍过许多文艺片。他告诉林青霞，他正在筹拍琼瑶的《窗外》，想找她演女主角江雁容。

琼瑶的《窗外》当时已经风靡整个台湾，林青霞当然读过这部小说，并且很喜爱书中那个具有反叛精神的女主角江雁容。

宋存寿凭着三寸不烂之舌说服了林青霞的父母。据传，当时他还写下了不拍吻戏、脱戏的保证书。

电影上映之后，林青霞大放光彩，一时间，她成了炙手可热的女星。

这部让她名声大噪的电影里，男主角就是秦汉。

秦汉的父亲是国民党高级将领，也是抗日名将。他出身好，又一表人才，是个人人称道的翩翩公子。他从来不缺女人爱慕，性格中有傲慢而优柔的一面。

遇到秦汉时，林青霞才十八岁，二人相见恨晚。可是秦汉早有家室，他由家里做主，娶了门当户对的妻子邵乔茵。

人人都在交口称赞林青霞和秦汉这对“金童玉女”的影坛组合，邵乔茵察觉到了危机，她每天带着孩子到片场探班，静静地坐在一旁打毛衣，偶尔也和林青霞交谈。

女人的第六感就是一种风声鹤唳的警惕。

就是这样的严防死守，也没能阻止秦汉和林青霞相爱。

秦汉连自欺欺人的机会也不给她，他直白地承认，他与林青霞相爱了。

他是被女人惯坏了，不屑于说谎，却也不会主动去解决问题。他一向是把难题推给女人。

邵乔茵曾致电怒骂林青霞破坏家庭，林青霞在电话那头一直默不作声，最后，终于长叹一声说："好了好了，我保证不破坏你们的幸福就是，他约我，我也不见他了！"

邵乔茵也是千娇百宠的大小姐，她被秦汉激怒了，一气之下，跑到了东南亚登台做歌女，一时成为人们茶余饭后的笑谈。

做小三毕竟是不光彩的事情，道德和舆论的双重压力让林青霞痛苦不已，她远走美国，决定躲开纷扰的流言。

爱对了是爱情，爱错了是青春

当时的台湾影坛有"二秦二林"之说，分别指的是秦汉、秦祥林和林青霞、林凤娇。

为了林青霞，秦汉和秦祥林这对好朋友早就反目了。

林青霞去了美国后，秦祥林立刻追了过去。

有时候幸福是对比出来的。

彼时已经二十五岁的林青霞，开始考虑婚姻大事，而秦汉根本给不了她未来，两个人炙热的感情也一路磕磕碰碰。

秦祥林的出现就像是为了给她另一个选择：他同样英俊潇

洒，同样对她钟情，他甚至为了她与妻子离了婚。

林青霞犹豫了。她打长途电话给秦汉，问："我要不要嫁给他？"

秦汉回答："随便你吧。"

她该有多失望呢！

她哪里是真的在询问他？谁用情更深谁就输了，她在他身上输了一次又一次，这一次小心翼翼的询问，不过是想隐晦地找回一点自信：你知道吗？也是有别人肯娶我的。

不知道秦汉到底作何感想。也许，他是懂的，不过当时他给不了任何承诺，他不愿面对罢了；也许，他是真的漫不经心，毕竟这个翩翩浊世佳公子身边从来不缺女人，即便美丽如林青霞，也只是浮云。

林青霞和秦祥林订了婚。

她几乎是立刻就后悔了。

订婚那天，满堂宾客，笙箫鼓乐，却唯独缺了一个新娘。

秦祥林和宾客急得到处寻找，最后在角落里找到了默默流泪的林青霞。

爱情是无法伪装的，也是无法掩饰的。

后来，林青霞坦白："秦祥林是很体贴、很棒的人，我真的很喜欢他，但我从没把他当成爱人。"

这场订婚只是她的赌气而已。

同年，秦汉和妻子离了婚。

命运似乎总在这两个人身上兜兜转转，只是不肯露出庐山真面目。

林青霞和秦祥林的婚约持续了四年。

四年的时间足够让一个人看清自己的心，也足够让两个无法相爱的人分道扬镳。

林青霞说："我最爱的始终是秦汉。"

她和秦汉重修旧好，两个人正大光明地宣布恋爱了。

这对俊男靓女的组合一时成为所有聚光灯的焦点。

林青霞的性格更外向，面对记者的访问，她甜蜜地靠着秦汉，对着镜头笑着说："我攒了些钱，他也有些积蓄，以后结婚也够花了。"

秦汉有点不好意思地推推她，说："你怎么什么都说啊！"

恋爱无疑是甜蜜的，但这甜蜜中也带着一丝心酸。

林青霞一直都为他低到了尘埃里。她抱怨说："跟秦汉在一起时，我常觉得很没有安全感。"

什么是安全感?

在一段感情里，你始终不能确定对方的心意，你忍不住怀疑对方的付出，你时时刻刻揣测对方的每个眼神、每个句子。因为你爱得比较多，因为他自始至终不如你投入。

那几年正是林青霞事业的高峰期，她忙得没时间拍拖，靠电话与秦汉联络感情，最夸张的一次她打了整整五个小时的电话。

她也有恋爱中小女人想要撒娇的时候。

有一年圣诞节，她在外地，想要秦汉来看他。秦汉支支吾吾的，让林青霞订机票，也不说自己到底去不去。

她在上海拍《刀剑笑》时淋雨生病了，打电话给秦汉，他的态度却很冷淡。

其实很多女孩应该都有过这种经历，撒娇只是想要他一点关心，哪怕是口头上的。不是每个男人都能恰如其分地回应你，他也许木讷，也许嘴笨，可是如果他态度漠然，只是随口说两句话来敷衍你，那答案只有一个：他根本不关心。

他们共同的朋友高凌风曾爆料："当年林青霞就像是琼瑶姐笔下的女主角，她疯狂地爱着秦汉……"高凌风说，正因为当时林青霞死心塌地地爱着秦汉，所以秦汉才没把她当回事。

也许是吧，得不到才是最好的，身边的总是容易被忽视的。

林青霞就像一团火，执意地要融化这一座冰山。

可是，再热情如火的爱也会败给时间。秦汉的冷漠，渐渐浇灭了林青霞炙热的爱火。

嫁人如第二次投胎

在秦汉那里没有得到温暖的林青霞心灰意冷，这时她遇到了另一个男人：邢李源。

两个人第一次见面是在朋友的生日宴会上，她身边人来人往，他是慕名前来的，还来不及和她说上话，匆忙就被人拉走了。

林青霞只听到有人说："来看一看林美人。"一转身，却没看到人。一转眼，那人却被推走了。

没多久，邢李源又托人找上林青霞，两个人正式见面了。

他对她深深着迷。

当林青霞在秦汉那里受了冷落，转而给他电话抱怨时，他连夜坐飞机赶到上海，为她送上一碗热腾腾的鸡汤。

他给自己的爱驹取名叫"百看不厌"，以此寓意对林青霞的爱意不变。

她闲聊时说希望有个家，他立刻表示自己随时可以申请结婚。

他花了六亿，在飞鹅山为她造了一座“皇宫”。

他给他们的女儿取名叫“邢爱林”“邢言爱”。

大多数女人所求的，不就是一个男人像这样全心全意的爱和呵护吗？

很多人都惋惜林青霞和秦汉这对曾经的金童玉女，可惜屏幕上的幸福生活美则美矣，都是假的，最终却无法在现实里扎根。他们在1994年分手。

这年仲夏，林青霞和邢李源的豪门婚宴轰动了整个华人界。

为了迎娶美人，邢李源刻意打造了一场盛事，从礼服到婚纱再到钻戒，所有的一切都是至臻至美的，创下了台湾女星的婚礼纪录。

整个婚礼会场铺了五百万朵香槟色的玫瑰。

喜联也是金庸大侠手书描金的：“新郎新娘新被新房新郎娶新娘新新鲜鲜，吉人吉事吉时吉地吉人办吉事吉吉利利。”

就连家中的游泳池都铺满了玫瑰，繁花似锦。

邢李源说：“我要让世人知道，一位真正的绝世佳人，所做的每件事都是在创造传奇。”

不知道秦汉听了这些，心里是何种滋味。

他大概是后悔的。

很多年以前，秦汉接受一档节目的采访，女主持人问道：“觉得林青霞美吗？”

秦汉语气不善地反问道：“为什么要觉得她美？在我眼里，你比她漂亮！”

而在更久远的很多很多年前，黄霑、倪匡、蔡澜三个老男人采访林青霞。他们三个明显带有调侃的语气说："秦汉那小子有什么了不起的！林青霞你什么都好，人美戏好，就是挑男人的眼光差点。"

林青霞却据理力争说："他的好你们都不懂，只有我懂得。在我眼里，他比你们三个都要好得多。"

看似完全不同的答案，仔细想想，却是为了一样的执念。

她那时候是真心实意地爱着，他那时候是满心的不能释怀。

秦汉一辈子都没有再结婚，他从来没有放下过。

也许，林青霞真的错怪秦汉了。当时两个人分手很大程度上是因为他不肯娶她，而她需要婚姻来给她安全感。可是秦汉从来都不是一个热情的人，他的漠然也许是天性使然，不是不够爱。他刚从一段失败的婚姻中走出来，并没有勇气来开始一段新的。

况且，他的前妻咄咄逼人地放话："虽然我和秦汉离了婚，但秦汉和阿猫阿狗再结婚，也不能和林青霞，若他和林青霞结合，不管天涯海角，我都一定会到场大闹婚堂，甚至公开在他们婚礼中自杀，让他们一生不得美满安宁！"

不被祝福的爱情永远都有阴影。

多年后媒体描写两个人的分手："当林青霞说分手时，秦汉根本就不相信，他们就到琼瑶姐那里，林青霞仍坚持。秦汉一直咆哮，为什么为什么……林青霞就很淡定，一直说，我不爱你我不爱你……"

或许这段感情刚开始是秦汉占了上风，但到了最后，他才是满盘皆输的那个人。秦汉给林青霞跪下，求她不要分手，林青霞不为所动。

被伤了情的女人最后比谁都绝情。

当年有无数的人追问林青霞，为什么会突然嫁给别人？

林青霞的回答是：“在适当的时间，适当的年龄，遇到适当的对象，那是缘分。”

什么才是适当的？

能够满足她对情感的需求，能够让她衣食无忧，能够给她想要的安全感。

维系一段婚姻所需要的不仅仅是爱情，还有更多，而这些邢李源能给，秦汉却不能。

作为林青霞曾经的未婚夫，秦祥林说：“林青霞是最聪明的，该谈恋爱时谈恋爱、该演戏演戏，该嫁人时又嫁得好人，是个幸运又生活充实的人。”

的确，虽然童话的破碎让无数人嚷嚷着不再相信爱情，但生活毕竟是自己的。对于林青霞而言，爱得轰轰烈烈，嫁得美美满满，这是一个女人最好的结局。

微疗愈：

《圣经》里有段话：“哭有时，笑有时，悲伤有时，欢喜亦有时。”人生就是这样，我们都应该在肆意的年纪跌倒和站起，在动心的年纪相爱和吻别，在落魄的年纪挣扎和打拼，在成熟的年纪学会沉默和舍弃。

痛痛快快地和生活过招，然后收拾伤口继续上路，这是我们每个人该学会的道理。爱情也同样如此，爱过，痛过，然后放手，和错的人相忘于江湖，和对的人相濡以沫。